친구야,
그래서
시가 필요해

10대, 시로 배우는 인간관계

친구야, 그래서 시가 필요해

2023년 1월 30일 제1판 제1쇄 발행
2023년 7월 17일 제1판 제2쇄 발행

엮은이 따돌림사회연구모임 서사교육팀
펴낸이 강봉구

펴낸곳 작은숲출판사
등록번호 제406-2013-000081호
주소 413-120 경기도 파주시 신촌로 21-30(신촌동)
전화 070-4067-8560
팩스 0505-499-8560

홈페이지 http://www.littleforestpublish.co.kr
이메일 littlef2010@daum.net

ISBN 979-11-6035-140-8 43810

값은 뒤표지에 있습니다.

작은숲
청소년

10대, 시로 배우는 인간관계

친구야, 그래서 시가 필요해

따돌림사회연구모임 서사교육팀 지음

작은숲

차례

2부

개념 있는
언어생활

내 입에 평화를 담을 수 있다면

3부

평화로 이끄는 가치관

손 잡고 함께 꾸는 꿈

4부

나와의 대화, 성찰

내가 나에게

5부

평화로 가는
교실 이야기

누구나 용기 낼 수 있는 곳

시집을 펴내며

시로 마음을 나누는 삶을 배우다

사람과 사람을 이어 주는 언어, 언어 중에서 가장 고차원적인 것이 바로 시입니다. 시는 성찰을 통해 걸러진 보석 같은 알맹이들을 생명의 숨결 같은 호흡과 맥박을 통해 주고받는 언어활동입니다. 언어로서 시가 갖는 중요성에 평화교육적 가치를 갖는 시 교육의 중요성을 더해 생각해 본다면 따돌림사회연구모임 '서사교육팀'의 창작 시집 출간은 다소 늦은 감이 있습니다.

'서사교육팀'은 학생들이 평화로운 인생 각본을 쓰는 데 필요한 서사적 지식과 서사구성능력을 키워 주는 교육을 연구·실천하기 위해 모인 팀입니다. 우리는 평화롭고 행복한 인생 각본을 쓰기 위해서 학생들이 스스로 성찰하고, 자신의 마음을 다스리며 서로 마음을 나누는 방법을 찾아야 한다고 생각했습니다. 이런 문제의식을 공유하는 중에 시가 학생들의 마음에 다가가는 큰 길이라는 것을 발견하고, 김경욱 선생님께서 시를 통해 학생들의 마음에 다가가자는 제안을 하셨습니다.

학생들에게 시를 창작하고 교류하는 과정을 가르치며 이 제안이 매우 교육적이고 가치 있는 일임을 확인하였습니다. 시를 쓰려면 먼저 마음 안에서 일렁이는 감정의 흐름들을 알아내야 합니다. 그리고 수십 쪽 분량의 설명 대신 핵심만 표현하거나 비유적인 몇 개의 단어로 표현합니다. 몇 개의 단어라 하더라도 선택된 시어 하나하나를 매우 섬세하게 구사해야 합니다. 시를 쓰는 과정은 마음의 중심을 군더더기 없이 드러내고 섬세하게 성찰하게 만들므로 시를 통해 학생들과 만났을 때 곁가지에 매달리지 않으면서도 깊이 있게 만날 수 있습니다.

사람의 마음은 상황에 따라 흔들리고 가치관과 욕망에 따라 굴절됩니다. 지극히 예민하고 주관적인 측면이 있기 때문에 자기 마음을 스스로 잘 모르거나 마음을 결정하기 힘든 경우도 많습니다. 자기 마음을 제대로 알고 결정하려면 성찰이 필요합니다.

시에는 사람의 마음을 다스리는 힘이 있습니다. 시를 쓰다 보면 성찰과 더불어 마음을 갈무리하는 과정을 거치게 됩니다. 처음 성찰한 마음의 흐름을 1차 감정이라고 한다면, 다잡은 마음을 2차 감정이라고 할 수 있습니다. 1차에서 2차 감정으로 흘러가는 과정이 바로 자신의 마음을 다스리는 것 - 자기 수행인 것이며, 결심이나 다짐이 되는 것입니다.

공자는 『논어』「위정편」에서 '시 삼백 편(시경)은 한마디로 생각에

삿됨이 없는 것'이라고 말했습니다. 인격을 수양하는 데 시를 읽고 쓰는 것을 중요하게 생각했다는 것을 엿볼 수 있습니다. 시를 접하고 시로 자신을 표현하게 되면 생각이 정제되는 것을 확실히 느낄 수 있습니다. 일상생활의 언어로 소통하다 보면 오해도 많고 서로 감정을 상하는 일이 많은데, 그것을 시로 표현하게 되면 감정을 상하는 일이 확실히 줄어들게 됩니다. 시로 인해 사람의 인품도 변하고 생각에 삿됨이 줄어드는 것을 목격하면서 공자 말씀이 새삼 크게 다가왔고 시를 가르치는 것이 옳다는 확신이 더욱 강해졌습니다.

시를 쓴다는 것은 대화를 하는 것입니다. 나 자신과의 대화이면서 타인과 감정을 교류하는 매개체가 됩니다. 그래서 시는 개인의 성찰을 넘어 마음을 주고받고 공동의 문화를 만들어가는 과정에서도 아주 좋은 기능을 합니다. 학교 폭력의 양상이 점점 거친 언어와 혐오 표현 양상으로 변모하고 있는데, 시로 표현된 마음을 학생들이 공유한다면 진솔하면서도 정제된 교류에 큰 도움이 될 것입니다.

시를 통해 아이들과 만나려면 아이들뿐 아니라 교사도 시 쓰기에 시간과 노력을 들여야 합니다. 교사가 직접 시를 써 보지 않고 학생에게 시를 쓰게 할 수는 없는 일입니다. 교사가 먼저 시를 쓰면서 자기 마음을 성찰하고 다스리는 방법을 터득해야 학생들에게 시를 통해 성찰하고 마음을 다스리는 법을 가르칠 수 있기 때문입니다.

우리 팀에게도 시를 쓰는 것은 쉬운 일이 아니었습니다. 어린 아이들이 걸음마를 배우듯 어렵게 한 걸음씩 시 쓰기를 배워 나갔습니다. 자신의 마음을 진솔하게 고백하는 것도 어려웠지만, 무엇보다 졸작을 세상에 내놓는 것이 아닌가 하는 걱정이 많았습니다. 그럼에도 불구하고 우리가 용기를 내서 시집을 출판하게 된 것은 시를 통해 학생들과 만나려는 열망이 그 모든 부끄러움을 상쇄하고도 남는다는 확신 때문입니다. 시로 삶을 나누는 법을 배운다는 심정으로 시집을 엮었습니다. 시 자체를 읽기보다는 서로 마음을 나누는 행간까지 같이 봐 주시길 기대합니다.

2022년 12월

따돌림사회연구모임 서사교육팀

조금은 특별한 시 수업

교실에는 감정의 교류가 필요하다

시를 창작하고 교류하는 일은 일상적인 언어활동과는 다른 양상을 보입니다. 시는 감정의 흐름을 각자의 운율에 맞춰 압축적으로 표현합니다. 화자는 1차 감정(처음 성찰한 마음)에서 2차 감정(1차 감정에 대해 평가하고 다스리는 마음)으로의 흐름을 다채로운 표현과 운율(리듬)에 맞추어 묘사합니다. 이런 창작 과정은 스스로의 감정을 돌아보게 하고 타인의 감정도 섬세하게 읽어 내는 내공을 쌓아 줍니다.

교실에서 시를 창작하고, 친구들과 시를 낭송하며, 느낌을 나누는 것은 아이들에게 부족한 감정을 풍부하고 섬세하게 만들어 줍니다. 공감능력이 점점 사라져 가는 요즘 아이들에게 이보다 더 좋은 교육이 어디 있을까요? 시로 감정을 교류하는 것이 단순한 작업이 아님에도 불구하고 반드시 해야 하는 이유가 여기 있습니다. 더구나 지식교육에 치중하고 있는 교육 현실에서 감정을 가르치는 교육은 더더욱

절실합니다.

감정교육은 감정을 성찰 - 평가 - 다짐하게 하는 과정에만 주목하지 않습니다. 어떤 감정인지도 못 느낄 정도로 무뎌져 가는 요즘 아이들에게 점점 단순화되고 소멸되어 가는 감정의 선들을 되살리는 감정의 풍부화, 섬세화 교육이기도 합니다. 이것은 단순한 감수성 풍부화 교육과는 차원이 다릅니다. 어떤 감정이든 다채롭고 다차원적인 감정을 느끼고 표현하는 것이 중요하겠지만, 이것 못지않게 삶에서, 공동체에서 필요한 감정을 키워내야 하는 것도 중요합니다.

감정 교류의 방편이 거의 사라져 가고 있는 현대사회에서 시를 활용한 감정 교육은 건강하고 성숙한 감정을 되살려 줄 것입니다. 건강한 마음을 가진 아이들은 평화와 연대가 살아있는 공동체적 감정을 형성하게 되리라고 생각합니다.

나와 나의 대화, 나와 너의 대화

지금까지는 시를 문학 형식의 틀 안에 가두어 두고 문학적 교양의 한 방편으로 생각하는 경향이 컸습니다. 이 때문에 시는 접하기 어려운 것, 난해한 것이라는 통념이 자리잡았고, 의미 해석에 집착하며 시가 가진 감정(정서) 표현을 도외시하게 되었습니다. 시가 가진 고유한 기능을 살리지 못한 것입니다.

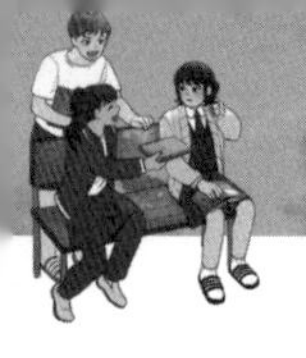

시가 가진 대화 – 감정 교류 – 의 기능을 되살리기 위해서 우리는 기존의 시 창작과 차별화된 방법을 시도하였습니다. 시를 창작하거나, 창작한 시를 서로 읽어 보며 공유하는 과정을 '나와 나의 대화(나 자신과의 대화)', '나와 너의 대화'라고 보았습니다. 학생 개인이 시를 창작할 때는 '나와 나(너)의 대화'로서 시에 접근하도록 한 뒤, 실제 대화를 나누듯이 표현하도록 하였습니다. 그 후 시의 주제(콘셉트)에 따라 표현과 운율 등을 다듬었습니다. (대화가 그대로 드러난 시도 있었으나 본 시집에는 싣지 않았습니다.)

'나와 너의 대화'로서 감정 교류는 다음과 같이 지도하였습니다. 처음 메시지나 화두를 던진 시를 '기본시(원시)'라고 하고, 거기에 답하는 시를 '답시'라고 하였습니다. 친구가 쓴 '기본시'를 읽고 거기에 대해 '답시'를 써서 주는 방식으로 공유해 나갑니다. '기본시'는 친구의 창작시, 선생님의 창작시, 기존 시인의 시 등 상황에 따라 다양하게 제시할 수 있습니다. 이때 '기본시'가 너무 어려워 자기 감정을 '답시'로 표현하기 힘들 때, 좀 더 쉽게 시를 쓸 수 있도록 하기 위해서 교사가 '매개시'를 써서 제시합니다. '기본시 – 매개시 – 답시'의 과정에다 학생 답시에 대한 교사의 퇴고(첨삭) 지도까지 시 교류에 포함시킵니다.

이러한 시 대화의 과정은 고스란히 본 시집에 담겨 있습니다. 지면의 한계 상 더 많은 '기본시'와 '답시'를 싣지 못한 점이 아쉽지만, 후속 시집을 기약하며 본 시집에서는 교류한 결과물을 보여 주는 것에 초점을 맞추었습니다. 교사와 학생 간의 기본시 – (매개시) – 답시, 학생과 학생 간의 기본시 - 답시, 교사와 교사 간의 기본시 - 답시, 이 세 유형을 통해 대화로서 시 교류하는 장면을 상상해 보시길 권합니다.

평화로운 교실에서 나누어야 하는 것

교실에서의 삶은 공적이기도 하고 사적이기도 합니다. 여럿이 어울린 공동체로서 공적인 규약을 지키고 관계를 맺으면서도, 개인들의 사적인 개성과 꿈이 숨쉬고 있습니다. 교실이 공적인 곳으로서 평화로운 이야기를 만들면 그 안에서 생활하는 학생들의 사적인 이야기도 평화롭게 바뀔 것입니다. 본 시집에 담긴 시들은 평화로운 교실 이야기를 만들어 가는 데 활용되었거나 활용하고자 쓴 시들입니다.

첫째 장은 화목한 인간관계에 도움이 되는 시, 둘째 장은 사람과 사람을 연결하는 언어 사용의 중요성을 강조하는 시, 셋째 장은 교실에서 지향해야 할 가치관을 담은 시, 넷째 장은 우리와 자신을 돌아보며 삶을 성찰할 수 있는 시, 다섯째 장은 교실에서 맞닥뜨리는 생활지도 · 상담 · 훈화 · 학급 행사 등에 쓰인 시를 담았습니다.

우리는 이 시들이 시집 속에서 활자화된 채 고정되기를 바라지 않습니다. 이 시들이 독자 여러분의 교실 속에서 '기본시'가 되어 낭송되고, 여러분의 '답시'를 이끌어 내는 매개가 되었으면 좋겠습니다. 나아가 교실에 필요한 감정을 찾아내고, 그것을 시로 창작 - 교류하

는 장이 열렸으면 좋겠습니다. 누구나 시로 말하고 답하는 교실, 아름답고 건강한 감정을 교류할 수 있는 교실이 되기를 꿈꾸어 봅니다.

2022년 12월

따돌림사회연구모임 서사교육팀

세상에서 교단에서 6

- 구원의 시

김경욱

우리가 시를 구원한다면

시가 우리를 구원할지 모른다

우리를 구원한다는 불가능의 길을 가는

세상엔 그런 마음이

별처럼 많지만

그를 위한 노래는 너무 적다

대화가 시라면

시는 구원받게 될거다

뭇별들이 우리에게 쏟아질거다

모든 노래에서 추함은 고개를 숙일거다

시가 대화처럼 오고간다면

우리는 구원받게 될거다

시를 쓸 수만 있다면

임정근

아침은 누구나 정갈하지 않은가?
이슬에 세수하는 아침 햇살도 좋지만
내 걸음 걸음이 내딛는 발자국들을
일상의 언어로 씻고 또 씻자
시로 마음을 씻을 수 있다면
봄은 새싹마다 움터 오르지 않겠나?

아지랑이 몸 푸는 봄바람도 좋지만
얼어붙은 내 안에 갇혀 있는 마음들을
말의 기운을 모아 녹여보자
시로 마음을 열 수가 있다면

시를 쓰는 것이
누군가를 부르는 것이라면

향기 있는 꽃들은 누구나 반길 테니
꽃피우지 못하는 이름 없는 풀들을 위해
이왕이면 다정한 말들을 모으고 엮어서
불러보자 외로운 들풀들을

누구도 혼자가 아니다
바람의 자취는 떠도는 구름이며
빛은 그림자와 나란히 있어 밝아진다
그렇다면 우리도 혼자가 아니어야 하지 않겠나?
시로 어깨를 걸어야 하지 않겠나?
시로 우리가 될 수 있다면

별은 함께 빛나고
꿈은 함께 꿔야 이루어지는 법
일상의 언어로 마음을 씻고
말의 문을 트고 마음을 열어 젖혀서
은근하게 다정하게 누군가를 불러보자
어깨를 걸고 평화로운 세상을 노래해보자
시를 쓸 수만 있다면, 말을 할 수만 있다면

우리는 세상을 혼자 살아갈 수 없지요? 태어나면서부터 만나는 부모님, 자라면서 사귀게 되는 친구, 동네 사람들뿐만 아니라 내가 입는 옷, 내가 걷는 길, 내가 사는 집을 만드는 사람들 등 우리는 세상에 수많은 사람들과 얽혀 있습니다. 이를 나타내는 단어가 바로 '관계'입니다. 둘 또는 여러 대상이 서로 연결되어 얽혀 있다는 뜻이지요. 우리는 항상 다른 사람들과 관계를 맺고 살아갑니다. 그만큼 '인간관계를 어떻게 맺고, 이어 나갈 것인가'는 우리 인생에 큰 숙제이지요.

여러분은 어떻게 다른 사람들과 관계를 맺고 있나요? 편지, 이메일, 문자, 카카오톡, 틱톡, 페이스북, 인스타그램 등 사람들 사이를 이어 주는 많은 창구들이 생겨남에도 서로의 감정을 찬찬히 바라보고, 나의 감정을 진실하게 전하고, 타인의 감정을 오해 없이 받아들이며 소통하고 평화롭게 관계를 맺는 건 참 어려운 것 같습니다. 평화롭지 않은 인간관계 속에서 상처를 주기도 상처를 받기도 하며 아파하고 있진 않나요? 다시는 무시당하고 아프기 싫어 스스로 문을 걸어 닫고 있진 않나요? 주변에 그런 친구나 학생을 바라보고 있진 않나요?

시는 사람의 감정을 담아 전달하는 창입니다. 우리의 감정을 담아 진솔하게 이야기하는 시들을 읽어 보며 우리가 다른 사람들에게 어떻게 다가가고, 어떻게 오해 없이 나를 드러내며, 평화로운 인간관계를 맺기 위해 무엇을 노력해야 하는지 생각해 봅시다. 그리고, 그 마음을 시로 드러내 보면 어떨까요?

1부

화목한 인간관계

외로운 이에게 벗이 되는

창

김경욱

창은 너와 나를 나눠요
창 너머로 너와 내가 서로 바라만 봐요
궁금해요
창은 닫아도 서로 보여요
서로 쳐다보아도
서로 마음을 알 수 없어요
궁금하지 않은 척해도
궁금해요

내 마음은 답답해요
고개를 돌려도 눈은 자꾸 창밖으로 향해요
갇혀 있는 마음은 클 수가 없어요
갇혀 있는 마음은 날 수가 없어요
내 마음을 열듯이
나는 창을 열어요

열린 창으로 바람이 들어와요
세상의 소리가 밀려와요
사람들의 소리가 들려와요
누가 부르지 않아도
나는 열린 창문으로
친구의 이름을 불러요

어느새 친구의 창문이 열렸어요
바람이 나의 창을 지나 친구의 창으로 날아가요
친구의 창을 지나 나의 창으로 넘어와요
바람이 불어와요
모든 창문을 열어요
바람에 안겨요
나를 열어요

유리창 사이에 두 아이가 있어요. 투명한 유리는 그 너머가 다 보여 상대 아이가 참 궁금하지만 언뜻 다가가면 단단한 유리에 부딪혀 둘 사이의 벽을 느끼게 됩니다. 눈에 보이는 아이의 표정, 생각은 다 나의 상상에서 나온 것이지 그 아이 본 모습은 아닌 거지요. 이때, 필요한 건 용기입니다. 막힌 문을 열고 진정한 만남과 성장을 위해 나의 마음을, 모든 감각을, 열어보세요.

진실과 화해의 시간

- 단편소설 「평화의 신은 있다」를 생각하며*

김경욱

사실을 말할 땐 가감없이 감정을 내려놓아요
나의 책임 너의 책임 우리 책임을 알아내요
사람에 대한 신뢰가 생겨요 나에게서 희망을 느껴요
세상이 험악하다고 해도 이 순간은 영원해요

남모르던 속마음을 서로서로 이야기해요
너도 모르고 나도 모르던 진실을 찾아내요
사람에 대한 신뢰가 생겨요 나에게서 희망을 느껴요
세상이 험악하다고 해도 이 순간은 영원해요

인정할 건 인정하고 사과할 건 사과해요 그게 용기죠
갚을 건 갚고 약속할 건 약속해요 그게 순리죠
사람에 대한 신뢰가 생겨요 나에게서 희망을 느껴요
세상이 험악하다고 해도 이 순간은 영원해요

친구들과의 다툼이나 학교폭력의 상황에서 서로 사과와 용서가 필요할 때 이 시와 같이 해보면 어떨까요? 이기심과 아집으로 변명을 늘어놓고 잘못을 인정하지 않을 때, 사실을 왜곡해 진실을 찾기 어려울 때, 먼저 용기 내지 못할 때 이 시를 읽고 생각해 보세요. 평화로운 삶을 위해 가장 현명한 길은 무엇인지.

* 단편소설집 『이 선생의 학교폭력 평정기』(따돌림사회연구모임, 양철북, 2009)에 실린 소설, 초등학교 교실에서 벌어지는 학교폭력의 양상을 실감나게 그리고 있다.

마음의 창문

- 인간에 대한 예의

김경욱

눈을 보아요
곁눈질 하지 말고
내려 보지도 말아요
눈길에서 마음을 보고
눈길에서 마음을 전해요

얼굴을 보아요
자세히 보아요
한참 보아요
다르게 보아요
마음을 안아줘요

손을 내밀어요
강하지만 부드럽게
굳세지만 조심스레 내밀어요
손길에서 마음을 보고

손길에서 마음을 전해요

대화를 나눠요
말로 이기려 하지 말고
말에 주눅 들지 말아요
대화에서 마음을 보고
대화에서 마음을 전해요

우리는 대화를 통해서 다른 사람과의 관계를 맺어가고 있기 때문에 누구나 대화를 잘 하고 싶어합니다. 그러나 대화가 늘 생각대로 잘 이루어지지는 않습니다. 때로는 대화를 거듭할수록 오해와 갈등이 증폭되기도 하지요. 이 시는 우리가 어떻게 대화를 해야 평화로운 관계를 만들수 있는지 우리에게 소중한 깨달음을 줍니다.

약자와 강자

김경욱

약자는 강자를 용서할 수 없다
제가 싫어도 타인을 용서함은
강자만의 미덕이므로
약자는 제 주먹을 꽉 쥐고서도
그 주먹으로 제 눈물만 씻게 된다

강자는 약자의 고통을 위로한다
제가 아파도 타인을 위로함은
강자만의 지혜이므로
강자는 약자들과 손에 손잡고
세상을 선하게 만드는 싸움을 한다

약자는 제 고통 피하다 악에 빠진다
제 고통 남에게 전가하지 않음은
강자만의 용기이므로
약자는 센척하는 악을 벗어나
선한 강자로 사는 길을 찾아야 한다

우리는 늘 강자가 되기를 바라면서도 진정한 강자의 모습이 무엇인지는 생각하지 않을 때가 있습니다. 원망, 무력감에 휩싸여 악한 약자의 길을 택하기도 하지요. 제 고통을 남에게 전가하지 않고 평화로운 세상을 만들기 위해 싸우는 자를 선한 강자라고 합니다. 스스로 약자라고 느껴질 때, 선한 강자의 길을 갈 수 있는 용기를 내 보면 어떨까요.

신놀부가

김경욱

학교에선 센척하고 직장에선 갑질하고
친구에겐 제멋대로 군대에선 괴롭힌다
교사에겐 모욕주고 정치에선 자리다툼
학대하고 침략하고 괴롭히고 강요한다
앞에서는 언어폭력 뒤에서는 뒷담하고
내수치심 피하려고 타인에게 고통준다
열등감은 우월의식 우월감은 열등의식
탐욕스런 인정욕망 참된우정 파괴한다
내잘못엔 뻔뻔하고 무례함을 자랑하고
사회에선 부정부패 아이들꿈 앗아간다

놀부는 흔히 이야기 속의 인물로만 한정하기 쉽지만 놀부의 상징성을 떠올려본다면 현재 우리의 삶에서 마주하는 사람들 가운데 놀부 같은 사람을 쉽게 찾을 수 있고 또 그런 사람들이 많다는 것도 알 수 있습니다. 단순히 욕심 많은 사람에서 더 나아가 심술궂고 나쁜 사람들, 이 모습은 타인만이 아니라 어쩌면 나의 모습일 수도 있지요. 이야기 속에서 걸어나온 오늘날의 놀부는 어떤 모습을 한 사람일까를 생각해 보면서 이 시를 감상해 봅시다.

마음 운전

김경욱

들이밀고 마음대로 끼어드는 건 얌체 새치기고요
들이박고 급정거로 위협하는 건 갑질 보복운전이고요
내 실수에 깜박이등을 켜지 않는 건 뻔뻔함이고요
실수 많은 인생 내 마음 먼저 점검하며 조심운전해요
실수 많은 세상 남에게 먼저 관대하고 양보운전해요
조심운전 양보운전해요 양보운전 조심운전해요

앞차가 방해 된다고 빵빵대는 건 욕설이고요
앞차가 좀 느리다고 밀어붙이는 건 지시강요고요
운전 중에 딴짓하는 건 조마조마 위험운전이지요
오해 많은 인생 내 마음 먼저 점검하며 조심운전해요
오해 많은 세상 남에게 먼저 관대하고 양보운전해요
조심운전 양보운전해요 양보운전 조심운전해요

들리지 않는다고 차 안에서 욕해대는 건 뒷담화죠
차 사이사이 묘기 부린 건 잘난 척 난폭운전이고요
접촉사고에 먼저 삿대질부터 하는 건 폭력이지요

곡절 많은 인생 내 마음 먼저 점검하며 조심운전해요
곡절 많은 세상 남에게 먼저 관대하고 양보운전해요
조심운전 양보운전해요 양보운전 조심운전해요

우리의 마음을 운전에 빗댄 재미있는 시입니다. 하지만 읽어 나갈수록 마냥 웃기보다 뜨끔하기도, 때론 생각에 빠지기도 하지요. 여러분은 주로 어떤 운전을 하며 인생길을 나아가고 있나요? 내 마음대로 할 수 있는 건 정작 내 마음뿐이란 말도 있습니다. 나아가야만 하는 인생길, 내 마음 운전부터 돌아 보세요.

저 아이 홀로 간다

– 신동엽의 「종로5가」에 대한 답시

김경욱

아프고 슬프지만 쓰러졌다 우뚝 일어선다
우뚝 선 채 아파하지도 슬퍼하지도 않는다
저 아이 홀로 간다

강해져도 슬퍼하지 않고 울어도 강해진다
약해져도 울지 않고 슬퍼해도 강해진다
저 아이 홀로 간다

고개를 들어 본다 아무도 아는 이 없다
고개를 숙여 본다 알아보는 이 없다
저 아이 홀로 간다

비 내리는 거리를 간다 비에 젖어 간다
바람 불어오는 곳으로 바람 맞으며 간다
저 아이 홀로 간다

아이들과 시를 쓰다 보면 학교에서 겪는 관계 문제가 남긴 쓰라린 흉터를 마주하게 됩니다. 믿을 만한 길잡이 없이 헤매거나 나름대로 상처를 소화하고 해석해내며 성장하는 아이들의 모습이 고독해 보입니다. 고통의 순간 곁에 있어 주지 못했지만, 이렇게 시를 쓰고 함께 다듬으며 조금이나마 마음을 나눠 봅니다.

「저 아이 홀로 간다」 학생 답시

쥐와 고양이

중3,
떨리는 마음으로 전학을 갔다
걱정과 달리 친구들과 잘 지냈다

그런데 갑자기,
친구들이 같이 잘 지내던 친구를 험담했다
나는 모두 다 잘 지내는 줄 알았는데
내가 그 험담의 대상이 될까 무서웠다

불안했던 나는 물어보기 시작했다
"나, 불편해?"
"나, 부담스러워?"
친구들은 그런 나를
오히려 불편해했다

어둠 속에 갇힌 듯
슬프고 불안했던,

의기소침했던 나

시간이 지나
담담하게 그 때를
떠올리는 나는

슬픈 쥐처럼 떨던
과거의 나를 집어삼키고
과거의 나를 양분 삼아
성장하는 한 마리 고양이

아이들에게

김경욱

너와 나의 마음 이어주는 징검다리처럼
이 아이 저 아이의 마음을 이어주자
푸른 하늘 높이 떠오르는 뭉게구름처럼
이 아이 저 아이의 희망을 키워주자

슬픈 내 눈물을 씻어주는 산들바람처럼
이 아이 저 아이의 눈물을 닦아주자
사막 어딘가에서 기다리는 사막우물처럼
이 아이 저 아이의 입술을 축여주자

외로운 이에게 벗이 되는 밤하늘의 달처럼
이 아이 저 아이의 외로움을 덜어주자
갈 곳 잃은 사람들이 바라보는 별빛처럼
이 아이 저 아이의 눈빛을 바라보자

늘 반듯한 모습으로 밝게 지내던 아이가 학교를 그만두고 싶다고 말한 적이 있습니다. 이유를 묻자 그냥 지쳤다고 이야기합니다. 생각해 보면 학교는 참 고단한 공간입니다. 교실 속 많은 사람들 틈에서 자신의 감정을 조절하며 잘 지내기 위해 무던히 애를 써야 합니다. 가만히 있어도 힘든 이 곳에서 마음 나눌 사람 없이 홀로 지내야 한다면, 누군가의 조롱과 멸시를 견뎌야 한다면 어떨까요. 서로 지친 마음을 보듬으며 함께 견뎌 보자고 말해 보았으면 합니다.

두 손

김경욱

꽁꽁 손이 추우면
나의 두 손으로 비벼대죠
어느 덧 따스해져

슬픈 눈물이 흐르면
한 손으로는 눈물을 지우고
한 손으로는 주먹을 쥐죠

마음이 외로워지면
한 손으로는 외로움을 달래주고
한 손으로는 마음을 감싸주죠

낭떠러지 오를 때는
한 손으로는 하나를 오르면
한 손으로는 다음 하나를 오르죠

뒤쳐진 친구를 보면
한 손으로는 나의 길을 잡고
한 손으로는 친구의 손을 잡고 가죠

쓰러진 친구가 있으면
한 손으로 친구의 손을 잡고
한 손으로는 친구의 몸을 잡아주죠

내 손이 더러워지면
한 손으로 한 손을 씻어주고
다른 한 손으로 한 손을 씻어주죠

마음을 모으듯이
한 손이 한 손이 하나로 되고
두 손을 모아 기도를 하죠

노을을 바라보며
선한 염원들이 이루어지도록
두 손 모아 기도하며 살아가죠

우리에게는 두 개의 손이 있어 한 손이 하는 일을 다른 한 손이 돕습니다. 인간에게는 스스로를 돕고 돌보고 구할 수 있는 힘이 내재해 있어요. 자기 자신을 위로하고 다독이며 고독 속에서도 온기를 느낄 수 있습니다. 그리고 그런 마음으로 손의 방향을 바꿔 타인에게 내밀 수도 있는 것이지요. 이 시를 매개로 스스로 어려움을 극복했던 경험과 그 경험에 비추어 친구에게 공감한 경험을 시로 써 보면 어떨까요?

「두 손」 학생 답시

그 때의 나

수많은 사람들 속에
홀로 있는 어린 나

시끌벅적한 공간
구석에 홀로 앉아 있는
어린 나

하하호호 떠드는 사람들 속에서
나는 뭘 하고 있는 걸까?

다른 친구들은
햇빛에 바짝 마른 조약돌처럼
하얗게 빛나고

나는 비에 젖어
검고 축축한 자갈돌

열네 살이 되었을 무렵
따스한 태양과
밝게 빛나는 별을 만나
젖은 몸을 따스하게 감싸주었다

지금은 하얀 돌멩이가 되어
또 다른 검은 돌을 바라보는 나

하얀 돌멩이가 되어
이렇게 돌아보니
눈물에 젖어 까만 돌멩이가 될 것 같다

우정의 나무

김경욱

만나면 이유없이 기쁨이 솟아야
우정의 나무
새들이 노래하고 함께 자라나야
곧게 뻗어간다
지배하지 않고 억울하지 않고
서로가 평등해야
우정은 곧게 자라난다
깊게 뿌리내린다
풍성하게 자란다

신뢰를 배신으로 갚지 않아야
우정의 나무
지킬 건 지켜주고 도를 넘지 않아야
크게 자라난다
서로 위로하고 서로 충고하고
서로 격려해줘야
우정은 곧게 자라난다

깊게 뿌리내린다
풍성하게 자란다

푸른 잎처럼 진실만을 속삭여야
우정의 나무
눈비가 와도 쓰러지지 않아야
무성한 숲을 이룬다
마음이 넓어 내편니편 없어지고
서로가 편안해야
우정은 곧게 자라난다
깊게 뿌리내린다
풍성하게 자란다

우정이라는 말의 의미와 곧게 자라는 나무를 생각해 본다면 이 시를 쉽게 이해할 수 있을 것입니다. 우정이라는 이름으로 주변의 친구를 괴롭히거나 친구를 이용하는 경우도 쉽게 볼 수 있지요. 우정을 가장해 친구를 무력하게 만든다면 그 관계는 풍성하게 자라지도, 깊게 뿌리내리지도 못할 것입니다. 나와 친구의 우정이 나무라면 그 나무는 어떻게 자라고 있는지 한번 상상해 보세요. 그 나무는 어떤 나무인가요?

「우정의 나무」 학생 답시

나는 길고양이

나는 길고양이
차 밑에 숨어 대장고양이가
남길 밥 기다린다

나는 길고양이
삼삼오오 모여 대장고양이의
심술을 참아본다

"이젠 못참아, 대장고양이!"
"내가 하겠어, 대장고양이!"

너는 대장고양이
온 몸에 상처투성이
기댈 곳도, 머물 곳도 없어진 고양이
아이, 꼬숩다

야윈 대장고양이
홀로 겨울 보내는 대장고양이
이젠 대장고양이도 길고양이
남들과 다를 것 없이 살아간다

이 감정은 뭘까?

네가 남긴 밥 먹는 것도
너의 심술을 참는 것도
힘들었지만
나는 너와 보낸 따뜻한 겨울이 좋았는데
너에게 내가 입힌 상처
걱정도 됐고, 후회도 하지만
이젠 시간이 너무 많이 지나버린 일들

나는 후회하는 길고양이
아직도 내 꿈에 찾아온다, 따뜻한 겨울이

온라인 수업

이효선

안녕
화면 너머 그곳에 잘 있니?
열 여섯의 선생님이라면, 틱
출석체크하고 자버렸을 것 같아

안녕하세요
화면 건너 이곳에 잘 있어요
아침에 갈 곳 잃은 열 여섯은, 쉿
밤에 잠도 잃어버린 것 같아요

1교시 수업 시작
앞으로 가라는 재생 버튼
'이 부분은 정말 중요한데'
들리니, 선생님 목소리

종이 울리지 않는 방 안
여기는 언제나 일시정지

달려 가는 수업을 바라보면
선생님 목소리도 아득해져요

고개를 돌리면 수업도 과제도 없지
말하지 않으면 아무도 몰라요
숨지 않아도 볼 수가 없네
눈을 감으면 아무도 못 봐요
잘해 보자고 소리 내어 약속해
멈춰 있기로 소리 없이 약속해요

목소리라도 닿아 보려 전화를 걸어,
괜찮아?
괜찮아요 익숙해졌어요
외롭지 않아?
아니에요. 마음 다칠 일 없어 좋아요
마음 다칠 일 없어 좋다는 너는,
강해지고 있는 거야?

선생님, 괜찮아요
사실, 많이 힘들어요
혼자 하기엔
아직 많이 어린가봐요
상처 받지 않는 마음이
점점 강해지는 줄 알았는데

자그마한 마음 앞에 자꾸 높아지는 단단한 벽
돌돌 말아 숨고 싶은 마음

힘들어도 괜찮아
사실, 조금은 힘들었으면 해
더 좋다는 말보다
벽 아래 웅크림이 아늑하단 말보다
눈을 마주 보고 크게 웃음 짓고
서로를 보듬던 날들이
그립고 그립다고
소리치고 울먹거리다
평범한 날들이 소중해지는 절실함으로
다시 나아가자고 약속해
이번에는 큰 소리로

안녕!
화면 너머 이곳에도 너희들이 있어

모두에게 낯설고 힘겨웠던 온라인 수업. 얼굴을 보고 직접 전하기 어려운 마음을 담아 교사와 학생의 시를 연결하여 지은 이 시는 공감과 소통의 뜻을 담고 있습니다. 막막하고 외로운 순간, 같은 공간에 있지 않아도 함께하는 마음의 소중함을 느끼며 이 시를 읽어 보면 어떨까요?

'언어는 생각의 집'이라는 말이 있지요? 나의 언어를 들여다보는 것은 나의 생각을 들여다보는 것과 같습니다. 그런데 나의 언어가 욕설과 뒷담화로 가득 차 있다면 나의 생각들 역시 마찬가지겠지요. 그런 생각과 언어로 무장한 사람이 주변과 평화롭고 원만한 인간관계를 맺으며 살아갈까요? 그럴 리 없습니다. 자신의 언어생활을 돌아보고, 우리의 언어습관을 아름답게 가꾸는 일은 세상을 변화시키는 일이라고 할 만큼 큰 일이 아닐까 싶습니다.

식물에게도 좋은 말 예쁜 말만 해주면 더 잘 자란다는데 사람이야 오죽할까요. 그것을 잘 알면서도 우리는 칭찬의 말, 격려의 말보다는 뒷담화와 욕설을 더 많이, 그리고 더 쉽게 뱉어내고는 합니다. 그것은 나쁜 말들이 더 자극적이고 더 쉽기 때문이지요. 이런 언어들이 난무한 교실과 사회는 불편하고 불안한 갈등 상황일 것입니다. 평화롭지도 않고 아름답지도 않은 공간에 머무는 우리의 삶이 평화로울 리는 더더욱 없겠지요.

나의 언어생활은 어떠한지 시들을 통해 돌아보세요. 내가 어떤 마음으로 어떤 말들을 하며 살아왔는지도 살펴보면 좋겠네요. 내가 원하는 나의 모습, 내가 듣고 싶은 말들은 무엇인지, 언어생활과 인간관계를 아름답게 가꾸기 위해서는 어떤 노력이 필요한지 생각해보고, 느껴지는 감정들을 시로 표현해보면 어떨까요?

2부

개념 있는 언어생활

내 입에 평화를 담을 수 있다면

말의 힘

김경욱

가는 말 거칠어야 오는 말이 곱다 해도
고운말 서로 쓰고 먼저 미안하다 사과해요
주고받는 말 떠도는 말이 우리 얼굴 말처럼 만들어요

뒷담화 안하면 외톨이가 될 수 있다 해도
놀리고 외톨이 만드는 슬픈 일 하지 않아요
주고받는 말 떠도는 말이 우리 마음 말처럼 만들어요

목소리 큰 사람이 이기는 세상이라 해도
우겨서 속여서 이긴건 이긴게 아닌 걸 알아요
주고받는 말 떠도는 말이 우리 세상 말처럼 만들어요

주고 받는 말처럼 서로에게 깊은 영향을 주는 것도 없는 것 같습니다. 말 한마디에 내가 하찮아지기도 존중받기도 하고, 말 한마디에 웃고 울고 하지요. 나에게서 나오는 말이 나에게만이 아니라 나와 모두에게 좋은 말인지 생각해 봅시다.

나쁜 말

김경욱

쉽게 하는 거짓말은
내 마음에서 양심을 빼앗는다
모든 인간관계를 파괴한다

센 척하며 내뿜는 욕설은
내 머리에서 지혜를 빼앗는다
착한 사람들을 위축시킨다

놀리면서 즐기는 것은
너와 나의 동정심을 빼앗는다
세상을 원한으로 물들인다

칭찬이라는 이름의 아첨은
정당한 충고를 미워하게 만든다
사람들을 비굴하게 만든다

나쁜 말의 기준은 무엇일까요? 시의 화자는 거짓말, 욕설, 놀림, 아첨을 꼽고 있습니다. 이 말들의 공통점은 모두 평등, 화목, 평화가 있는 진실한 관계를 해친다는 점입니다. 게다가 심하게는 '우리'라는 공동체를 와해시켜 버립니다. 여러분의 기억 속에 있는 나쁜 말에는 또 무엇이 있었나요? 그 말에 담긴 욕망과 심리를 돌아보며 너덜해진 우리 마음을 정갈하게 청소해 봅시다.

「나쁜 말」 학생 답시

검은 무지개

지난 주말
우리 반 채팅방에
검은 무지개가 떴다

쉬지 않고 쏟아져 내리는
온갖 색의 나쁜 말들은
서로 엉키고 설켜 검은색이 된다

지난 주말
우리 반 채팅방에서는
검은 무지개가 떴다

「검은 무지개」 학생 답시

무지개

지난 주말
채팅방에서
아름다운 무지개가 떴다

쉬지 않고 쏟아져 내리는
온갖 색의 좋은 말은
서로 엉키지 않고 아름다운 색이 된다

지난 주말
채팅방에서
아름다운 무지개가 떴다

위 답시들은 학급 체육대회를 준비하는 과정에서 학급단톡방에서 생긴 갈등을 표현하고 있습니다. 학급을 위해 애쓰고 있는 친구들의 수고에 무신경한 말로 상처를 주고 학급의 사기를 떨어뜨리는 말 때문에 서로 감정이 격해졌을 때, 서로가 느끼는 감정을 시로 표현하였고, 다른 친구들의 시를 읽고 답시를 쓰면서 친구들의 감정을 이해하고 공감하는 시간을 가졌습니다. 다행히도 비가 온 뒤 무지개가 뜨는 것처럼 갈등을 겪은 뒤 체육대회에서 아름다운 화합을 이루어냈습니다.

나의 말

김경욱

1.
거짓이 거짓을 낳듯이
욕설은 욕설을 낳고
한 마을이 파괴될 수 있다

내가 쉽게 뱉은 욕설로
누군가 가슴에 멍이 든다
내가 센 척하려 한 말로
누군가 마음에 상처가 된다

내가 바라볼 수 없어도
푸른 하늘의 밝은 태양은
항상 나를 바라보고 있다

2.

폭력은 폭력을 낳듯이
뒷담화는 뒷담화를 낳고
한 마을이 파괴될 수 있다

누군가를 뒷담화하면
메아리 되어 되돌아온다
자꾸자꾸 남을 시샘하면
마음의 눈은 탁해만 진다

내가 바라보지 않아도
어두운 밤하늘에 달은
나를 항상 따라 오고 있다

말의 무게와 힘에 대해 다시 생각하게 하는 시입니다. 이 시를 읽고, 내가 했던 말을 돌아보는 시간을 가지면 어떨까요? 나의 말이 남기고 싶은 흔적은 무엇인가요?

욕설 습관의 심리학

김경욱

남에게 수치심을 주기 전에
내 마음에게 먼저 수치심 주고
내가 욕을 하면 내 귀가 먼저 듣는다
내 입에서 욕이 침처럼 고이면
내 입에 쓴 욕을 남에게 뿜어댄다

입이 자유로운 인물이라고
나를 건들면 욕을 얻을 거라고
자신을 더럽게 과시하고 추하게 한다
모욕에 대한 두려움으로 인해
먼저 욕을 해서 두려움을 전가한다

내가 누군가에게 욕을 해도
그가 겁먹지 않고 화내지 않으면
내가 뱉은 욕을 내가 되가져가야 한다
하늘을 올려보면서 침을 뱉으면
그 침은 자기 얼굴로 떨어진다

욕설이 습관이 된 사람의 욕망을 되새겨보게 하는 시입니다. 처음 시작은 불평불만, 비판으로 시작되었을지 몰라도 욕설을 수시로 입에 달고 사는 것은 센 척과 열등감을 숨기는 꼴입니다. 말이 자신의 인격을 드러내는 것이라면 욕설 습관을 버리지 못하는 사람의 인격은 딱 자기가 한 욕만큼이라고 보아도 될까요?

말

홍상희

"고마워"
쑥스럽지만 하고 나면 어쩐지
뿌듯해지는 말

"내가 도와줄게"
몸은 좀 귀찮아도
마음은 편해지는 말

"오늘 예쁘네"
부끄럽지만 용기 내어 한 마디 하면
세상이 반짝반짝해지는 말

"잘 했어. 네 덕분이야. 사랑해. 최고다"
진심을 담아 전하면
마음이 부자가 되는 말

알면서도 잘 안하게 되는 그런 말
그런데 사실은
나도 제일 듣고 싶은 말

여러분은 어떤가요? 평소 자신이 하는 말이 정말 내가 듣고 싶었던 말인가요?

황당함

류하늘

수업이 끝난
2교시 쉬는 시간
국어책을 꺼내고
친구들에게 갔는데,

친구들은 나에게
찐따
오염물질
좀비 바이러스라고
놀리며 도망쳤다

나는
잘못한 일이 없는데,
친구들은 왜
나를 놀리고, 피하는 걸까?

아이들은 장난이라는 명목으로 약자를 깔보는 농담을 즐기고, 친구를 툭툭 치고, 별명을 부릅니다. 친구보다 우위에 서기 위해 아이들은 다양한 장난을 즐기는데, 그것에 반응이 느린 아이는 쉽게 피해자가 됩니다. 남자 아이들 7명이 학급의 친구 한 명을 심하게 놀리며 따돌린 사건에서 피해 학생의 마음을 표현한 시입니다. 이 시에 대한 답시를 몇 편 소개합니다.

「황당함」 학생 답시 1

미안해

수업이 끝나고
2교시 쉬는 시간
친구들에게 갔는데

친구들이
그 아이를 놀리며 피하고 있었다
아이들이 하길래
나도 동참했다

불쌍해보인 그 아이
애들에게 "그만 하자"고 했다
애들에게 전해지지 않은 내 목소리
더 큰 소리로 말했으면 좋았을 걸

나 때문에
너를 울게 해서
정말
미안해

「황당함」 학생 답시 2

왜

2교시 쉬는 시간,
그 친구는 자기 이름이 아닌
다른 이름으로 불리고 있었다

언제부터 그 이름이 붙여졌는지 모르지만,
친구들은 그 애를 '좀비'라 불렀다

그 애는 잘못한 것이 없는데
나는 왜 같이 웃고 같이 놀렸을까?

그 애는 잘못한 것이 없는데
왜 그 친구를 속상하게 했을까?

그때 나는
왜 그렇게 즐거웠을까?

「황당함」 학생 답시 3

생각없이

나는 왜 이렇게 생각이 없을까?
나는 지금까지 그 아이에게 무엇을 한 걸까?

수업시간엔 그것이 잘못되었다 말하지만
현실은 알면서도 모르는 척 한다

내가 그 일을 당한다면
얼마나 억울하고 창피하고 화날까?

이제 경험을 했으니 그 누구에게도
놀리거나 따돌리면 안 되겠다

친구야 미안해 날 용서해줘
친구야 괜찮아? 이제 마음 풀어

소통

이미영

나에게 언어는 무기다
나를 무시하지 않도록 마구 쏘아대는

나에게도 언어는 무기다
무차별적으로 쏟아져 나를 피투성이로 만드는

나에게 언어는 장난감이다
아무 생각 없이 갖고 노는

나에게도 언어는 장난감이다
그때 그 시절을 기억하며 소중하게 간직해 놓은

나에게 언어는 미로다
아무리 생각해도 풀리지 않는

나에게도 언어는 미로다
처음에는 어렵지만 풀다보면 빠져드는

우리의 언어는 같지만 다르다
그래서 우리의 언어는 계속 만나야 한다
서로를 똑바로 마주하고 끊임없이 맞춰가야 한다

우리는 같은 언어를 사용하는 것 같지만 언어의 의미와 쓰임이 서로 달라 갈등이 일어나기도 합니다. 진정한 소통은 자기중심적인 언어에서 벗어나 다른 사람들의 언어를 이해하고 수용하는 것 아닐까요?

「소통」 학생 답시

나의 언어

나에게 언어는 불량식품이다
안 좋은 걸 알면서도 계속 찾게 되는

나에게 언어는 불량식품이다
안 좋은 걸 알고도 먹어보라고 알려주는

나에게 언어는 다이어트다
고치려고 하지만 계속 미루는

나에게 언어는 다이어트다
고칠 점을 찾아서 점점 개선해 나가는

학교 교육과정을 살펴보면 현대 사회가 교육에 바라는 바를 알 수 있습니다. 시대의 흐름과 사회의 요구에 맞춰 다양한 가치들이 학교 교육과정에 등장했다가 사라지곤 합니다. 사회가 급속도로 변화함에 따라 교육 역시 사회의 빠른 요구를 좇아가느라 정신이 없습니다. 그런데 교육이 과연 급변하는 사회의 변화를 반드시 좇아가야 하는가에 대한 의문이 생깁니다. 오히려 교육이란 '급변하는 사회가 아무리 나를 흔들어도 인간적 가치를 지킬 줄 아는 사람'을 키워내야 합니다.

흉악 범죄가 등장할 때마다, 정치 경제적인 이슈가 일어날 때마다 학교 현장에는 새로운 교육 프로그램들이 넘쳐납니다. 사회적 요구라며 쏟아지는 교육 내용을 숙고의 과정 없이 전달하는 교사와 왜 공부해야 하는지 모르는 학생들이 교실에 넘쳐나는 건 아닌지 걱정스럽습니다. 사회가 교육에 바라는 것이 무엇인지를 묻기에 앞서, 교육이 사회를 어떻게 변화시켜야 할지를 함께 고민해 봐야 합니다.

이 장의 시들은 이런 고민들 속에서 만들어진 시입니다. 이 시들을 통해 우리 아이들이 어떤 가치를 지키는 사람이 되어야 하는지, 우리 아이들이 살아갈 사회는 어떤 모습이어야 하는지 생각해 볼 수 있기를 바랍니다. 그리고 학생들 스스로 지켜나가야 할 소중한 가치를 찾고, 만들고 싶은 사회의 모습을 그리는 데 이 시가 조금이라도 도움이 되기를 바랍니다.

가치나 사회와 같은 말이 거창해 보인다면, 도대체 공부를 왜 해야 하는지 모르겠다 싶을 때 이 시들을 읽어보세요. 문제의 정답을 찾고 성적을 올리는 것 이상의 의미를 찾을 수 있을 것입니다.

3부

평화로 이끄는 가치관

손 잡고 함께 꾸는 꿈

우리의 세상

김경욱

아! 우리의 세상은 우리가 만든다
은하별 한없이 모여 우주를 이루고
우리의 세상 우리가 만든다

높은 산 낮은 산 서로 손잡고
일어서야 큰 산맥을 이루고
온 들이 하나로 모여
아 아 한없이 넓은 지평선을 만든다

세상에 찬란한 색깔이 모여야
하늘에 무지개를 만들고
아름다움이 춤추듯이 모여
아 아 마음에 곱디고운 노래 울린다

수많은 촛불이 파도처럼 모여야
우리의 염원을 이루고
마을에 인정이 넘쳐흘러
아 아 세상에 평화의 미소가 퍼진다

선한 마음들이 샘물처럼 모여야
맑고 맑은 호수를 이루고
아 아 눈물이 모이고 모여
아 아 강물이 흘러서 바다를 이룬다

아! 우리의 세상은 우리가 만든다
은하별 한없이 모여 우주를 이루고
우리의 세상 우리가 만든다

한 사람 한 사람이 모여 우리가 됩니다. 각자의 꿈이 모여 우리의 꿈이 됩니다. 우리는 각자의 꿈을 실현시켜 주기 위해 서로 도와야 합니다. 자기의 꿈만이 아니라 타인의 꿈에 관심을 가지고 그 꿈을 실현시키기 위해 함께 노력하다 보면 내 꿈도 실현될 가능성이 커질 것입니다.

함께 가는 길

김경욱

서로서로 지켜주면 권리는 더욱더 강하게 된다
힘을 합하면 우린 파란 하늘을 품을 수 있어
친구야 함께 가는 길 쓰러져도 다시 꿈꿀 수 있다

서로서로 교류하면 우정은 더욱더 깊어지게 된다
힘을 합하면 우린 거센 바람을 안을 수 있어
친구야 함께 가는 길 서러워도 다시 웃을 수 있다

서로서로 도와주면 공부는 더욱더 잘하게 된다
힘을 합하면 우린 험한 세상을 달릴 수 있어
친구야 함께 가는 길 힘들어도 다시 달릴 수 있다

나 혼자가 아닌 서로서로는 강한 힘을 가지고 있습니다. 교류는 사람 사이에 다리를 놓는 것입니다. 튼튼한 다리를 우리 사이에 놓을 때 우리는 더욱 단단하게 서로를 지키며 강해질 수 있습니다. 내가 더 잘하고 내가 더 앞서가고 내가 더 높이 가기 위해 노력하기보다 함께 힘을 모아 간다면 어떨까요?

「함께 가는 길」 학생 답시

함께 헤엄치는 바다

함께
함께 지낸다면
더욱 즐거워질 수 있다

혼자 갈 수 없는 길도
함께라면 갈 수 있다
함께 있어야 비로소
인생의 즐거움을 깨달을 수 있다

우리네 인생은
바다와도 같아서,
혼자서는 파도치는 바다를
헤엄칠 수 없다

하지만
내 옆에 누군가가
함께 있는다면,

우리는 안전하게
인생의 바다를 헤엄쳐
최종 목적지에 닿을 수 있다

바다를 헤엄치는 도중에는
거센 파도, 무서운 상어같은
고난과 역경이 있겠지만,
함께라면
그 어떤 장애물도 무서울 것이 없다
모두 함께
우리의 목적지를 향해
헤엄쳐 나아가자

소인배가 안 되려면

- 논어에 대한 답시

김경욱

말과 얼굴로 세상과 나를 속이지 않는다
옳지 않은 일로 나의 이익 챙기지 않는다
고난과 역경을 운명으로 받아안고 간다
세상 사람이 뭐라 해도 옳은 길은 간다

남 탓하기 전에 내 잘못 아닌가 생각한다
한 가지 인정받으려 자신을 버리지 않는다
나의 장점 드러내려 잘난 체 하지 않는다
남의 약점 들추기보다 장점을 키워준다

쉽게 동조하지 않지만 화목하게 어울린다
내 편 네 편 나눠 다투거나 세력 과시 않는다
가끔 높은 곳에 올라 넓은 세상을 마주한다
가끔 흐르는 물을 바라보며 마음을 비운다

소인배가 안 되려면, 우선 자신이 소인배임을 인정해야 합니다. 이 시를 읽다보면 저절로 고개가 내려가고 숙연해집니다. 자신의 어떤 점이 소인배같은 행동이었는지 알게 되면 스스로의 부족함을 느끼고 겸손해집니다. 대인배를 꿈꾸기에 앞서 소인배와 같은 자신의 모습을 돌아봅시다.

용기

김경욱

의로운 사람은 용기를 얻는다
실천이 부족한 사람은 용기를 찾는다

용기를 찾는 사람은 결단을 내린다
용기 있는 사람은 뒤를 돌아다보지 않는다
용기 있는 사람은 미리 후회하지 않는다
용감한 사람은 실천을 앞두고 지혜가 샘솟는다

겁이 나고
다리에 힘이 없어도
용감한 사람은
세상과 자신을 위하여
미련을 끊고 어둠 속으로 뛰어든다
능력이 없어도 자신감이 없어도
용기를 낼 수 있다
한없이 작은 인간도
용기를 낼 수 있다

모든 사람들이 나를 얕잡아 봐도
용기를 낼 수 있다

용감한 사람들은 하늘을 만난다
높은 산을 만나고
산 속에서 함께 가는 사람을 만난다
아무도 가지 않은 길에서도

어둠 속에서
용기를 찾는 사람은 먼저 의로움을 찾을 것이다
삶의 의미는 그에게 삶의 용기를 줄 것이다
그에게 실천을 요구할 것이다
어둠이 투명해질 수도 있다

진정한 용기의 의미와 가치에 대해 깊은 성찰을 하게 하는 시입니다. 시적 화자는 용기는 특별한 사람에게 하늘이 내리는 덕목이 아니라 겁 많고, 능력 없고, 자신감 없는, 심지어 세상이 얕잡아 보는 아주 작은 인간도 가질 수 있는 것이라고 노래합니다. 그리고 세상과 자신을 위해 우리가 용기를 낸다면 하늘을 만나고 시련을 함께 이겨낼 사람도 만날 수 있다고 합니다. 용기를 찾은 사람의 실천이 모여 어두운 세상이 투명해질 수 있습니다. 지극히 평범한 우리의 용기와 실천이 모여 정의로운 세상을 만들어 갈 수 있습니다.

「용기」 교사 답시

이타심이 우리의 지도가 된다

잔뜩 웅크린 그를
미로에서 걸어 나오게 하는 용기도

미움과 의심과 망설임을
격려와 응원으로 바꾸는 힘도

이타심에 대한 우리의 믿음에서 나온다

자신만 보호하고 지키려고 하는 순간,
이기심에 사로잡히는 순간,

타인의 평가가 지나치게 두려워지고
타인의 시선에 옴짝달싹 못하게 된다

타인을 향해 한 걸음 내딛는 용기는
미로에 빠진 친구에게 구원의 손길이 되고

진정한 우정에 눈을 뜨고
진정한 사과를 깨닫는 순간
자기중심주의라는 미로를 스스로 빠져나온다

세상은 또다른 미로로 가득차 있지만
길을 잃지 않게 해주는
이타심이라는 지도가
우리의 무기,
우리의 용기가 될 것이다

아름다운 사람

–『삼국유사』의 「찬기파랑가」를 생각하며

김경욱

그는 강가의 백사장입니다
누구나 포근하게 품어줍니다
높다고
남들을 깔보지 않아요
쉬운 일 아니지만
잘나고 못난 건 중요하지 않아요
공부 잘해도 잘난 척 안 하고
덩치 커도 센 척하지도 으스대지도 않아요
지위보다 사람을 중시해요
그의 마음은 강가의 백사장처럼 넓고 편안합니다

그는 둥그런 달입니다
가리지 않고 이 집 저 집을 비춰줍니다
나보다 못 사는 사람들 앞에서
우리 집 부자라고
자랑하지 않아요
비싼 물건 사서 우쭐대지 않아요

튀려 하지 않고
물질보다 마음을 봐요
그는 화려하지 않지만 어둠을 밝혀주는
그의 마음은 휘영청 둥그런 달입니다

그는 한겨울에도 당당하고 푸른 전나무입니다
비겁하게 살지 않아요
내 몫 아닌 것 억지로 탐내지 않아요
꼼수를 알아도 사용하지 않아요
성공보다 중요한 건 도리인 걸 알아요
모르면서 아는 척하지 않아요
억지 쓰지 않아요
순리를 따르지만
옳은 일을 위해서는 물길을 헤쳐 가요
그의 마음은 곧게 솟은 늘 푸른 전나무입니다

여러분이 아름답다고 생각하는 사람은 어떤 가치(덕)를 지니고 있나요? 평등과 포용력, 겸손과 희생, 정의로움과 용기, 도리를 아는 사람이 아름다운 사람 아닐까요? 물질주의에 경도된 현대사회에 내적인 풍요로움을 불어넣고, 등대의 불빛이 되어 줄, 진정 아름다운 가치를 지닌 사람이 필요합니다. 여러분은 어떤 가치를 추구하나요?

행복은 나비와 같아서

- 나다니엘 호손*을 생각하며

김경욱

행복은 나비와 같아서
사람이 아니라 꽃을 따른다
행복은 나비와 같아서
악한 사람도 나비를 만난다
행복은 나비와 같아서
선악을 따지지 않는다

행복은 나비와 같아서
잠시 머물다 가는 것이다
행복은 나비와 같아서
잡아 가둘 수 없어
행복은 나비와 같아서
여기저기 오고갈 뿐이다

행복은 나비와 같아서
인생의 목적이 될 수 없다

좇을수록 멀어져간다
행복은 나비와 같아서
가만있으면 내게로 온다

행복의 진정한 의미에 대해 성찰하게 하는 시입니다. 시적 화자는 행복은 악한 사람도 만날 수 있는 것이며, 잠시 머물다 가는 것이라고 노래합니다. 행복은 그것에 집착하며 좇을수록 멀어집니다. 진정한 행복은 가만히, 정성껏 자신의 삶을 가꿔갈 때 만날 수 있는 것입니다.

* 나다니엘 호손(Nathaniel Hawthorne) 미국의 소설가. 그는 단편소설 「거대한 석류석」에서 진정한 행복은 보이지 않는 먼 곳에 있는 것이 아니라 자신이 살고 있는 현실 속에서 느낄 수 있다고 말하고 있다.

영수보다 필요한 것

김경욱

아이들은 영수에 매달려 풀고 풀고 또 풀어요
아 영수보다 더 어려운 인간문제는 안 풀어봐요
함께 사는 걸 연습하고 단련시켜 줘야 해요
영수 문제 고득점에 인간문제는 낙제죠
아 우리는 허부적대며 살아가요 각자 외로이
아 영수 지식보다 삶에 대한 지혜가 더 필요해요

어디서나 영수뿐이죠 다른 것 안중에 없어요
아 어른들은 면담과 상담은 있어도 대화는 없어요
거짓 치유와 처벌뿐 깨달음의 교육은 없어요
변별력만 강요하면서 아이들을 죽이죠
아 우리는 허부적대며 살아가요 각자 외로이
아 영수 지식보다 인간에 대한 예의를 배워야 해요

진지한 주제에 모두가 외면하며 쿨한 척해요
아 입시교육 탓하면서도 입시 아니면 욕망만 찾아요
영수 때문만은 아니에요 입시 때문만은 아니에요

영수에서 공부의 의미를 찾는 건 어려워요
아 우리는 허부적대며 살아가요 각자 외로이
아 영수 지식보다 이 세상의 진실을 알아야 해요

오늘 수업은 어땠나요? 공부한 만큼 더욱 삶의 진실에 가까워지고, 마음이 평화로워졌나요? 공부를 하면 할수록 삶보다는 문제 풀이에, 지금 내 옆에 있는 사람보다는 앞날의 욕망에 더 매달리게 된다면 한 번쯤 멈춰서서 돌아봐야 합니다. 정말 필요한 공부가 무엇인지를요.

우리식 공부

김경욱

누구는 오직 성공을 바라지만
나는 진리와 허위를 구별하기 위해
가짜에 속지 않기 위해 공부한다
공부는 언젠가 나에게 힘이 되리라
어둠을 깨치는 세상의 빛이 되리라

누구는 아는 것 많다 자랑하지만
나는 선한 것과 악한 것을 구별하기 위해
위선에 속지 않기 위해 공부한다

누구는 경쟁에서 이기려 하지만
나는 아름다움과 추함을 구별하기 위해
유혹에 빠지지 않기 위해 공부한다

공부가 물질적 성공의 도구가 되어가는 사회, 열패감만 팽배한 사회 속에서 '공부는 왜 하는 것일까?'라는 의문을 품게 됩니다. '진리와 허위', '선악', '미추(美醜)'의 구별, '세상의 빛'이 되려 하는 것은 공부의 궁극적 목적이지요. 다른 누구와는 다른 나만의 궁극적인 공부 목적을 생각해 봅시다.

「우리식 공부」 교사 매개시

부끄럽지 말라고

황경희

엄마가 그러셨다
"너 좋은 인생 살라고 공부하는 거야"

내게 좋은 인생은 무엇일까
공부는 왜 하는 것일까
곰곰이 생각해도 답이 어렵다

막연히 남들 따라
시험보고
울고, 웃고, 허탈해해도
나만의, 내 공부의 이유를 찾고 싶다

시험은 실패와 성공으로
나를 들었다 놨다 하지만
겪을수록 나는 더 단단해진다
무지를 탈피하고
다양한 생각으로 넓어졌으니

나는 좀 더 큰 거다

이전보다 나아진 나
아는 만큼 남에게도 베풀게 된 나
이 정도면
과거의 나에게 부끄럽지 않은 거다
거창한 공부의 목적 없지만
마음이 한결 가볍다

'우리식 공부'에 대해 쉽게 접근하도록 매개용으로 쓴 시입니다. 요즘 아이들은 시험을 공부의 목적이라고 여기지요. 안타깝지만 그것이 우리 교육의 현실입니다. 그래도 아이들의 눈높이에 맞추어 '시험에서 배우게 된 것은 무엇일까?' 진지하게 성찰하면서, 공부와 삶에 대해 돌아보도록 해 보았습니다.

「우리식 공부」 학생 답시

또 다른 공부

사람들이 말하는 공부는 무엇일까
그리고 내가 하고 있는 것은 어떤 공부일까?

어느 순간 모든 아이들이 한 목표를 향하고 있는 것 같다
나도 막연히 경쟁하기 위해 공부하는 것일지도 모른다
그렇기에 더 불안하고 자신감이 없어진다

하지만 항상 시험을 본 뒤 다양한 감정이 들었고
아이들과 그 감정을 공유하며 공감하고
나 자신을 돌아보며 후회와 칭찬을 하고
다음에 어떻게 공부할지 떠올려봤다

저런 행동은 누구나 할 것 같고 작아 보이지만
쌓이고 쌓이다 보면 나를 더 넓은 사람으로 만들어줄 것 같다

아직 어리기에 빨리 느껴보는 회의감과 좌절감이 안타깝다
어른들이 만든 청소년들의 싸움터에서 질 수도 있다
하지만 내가 느꼈던 감정들과 생각들, 스스로의 평가들이
날 더 성장시킬 거라고 믿는다

적어도 시험을 보며 경쟁을 하는 과정 속에서
또 다른 공부가 있다면 이런 게 아닐까

나의 목표는

이미영

나의 목표를 적어보자

성공?
성적?
행복?
기쁨?
깨달음?
인정?
진실?
애국?
인류애?
사랑?

가장 고귀한 목표를 하나 찾아보자

남몰래 이루고 싶은 것은 빼고
나 자신을 속여야 하는 것도 빼고

다른 사람 위에 서기 위한 것도 빼고
다른 사람에게 칭찬받거나 자랑하고 싶은 것도 빼고

나 스스로에게 옳다고 말할 수 있는 것으로
나의 몸과 마음을 다 바쳐 이루고 싶은 것으로
다른 사람 아래 서더라도 부끄럽지 않은 것으로
다른 사람의 시선이나 칭찬에 휘둘리지 않는 것으로

가장 고귀한 목표는
나를 당당하게 만든다
내가 나아갈 길을 보여준다고 한다
나뿐 아니라 다른 이들까지 함께 그 목표를 바라볼 수 있게 한다

내가 지금 노력하는 이유는 뭐지?
내가 지금 공부하는 이유는 뭐지?
나의 가장 고귀한 목표는 무엇일까?

왜 공부해야 하나요? 학교에서 학생들이 하는 질문 중 가장 많이 나오는 말이기도 하고, 속 시원한 답을 해주기 어려운 말이기도 합니다. 이 질문은 학생들 스스로 해야 하는 질문이니까요.

「나의 목표는」 학생 답시

내가 나의 목표가 되어

공부를 하면 할수록 길을 잃는 것만 같았습니다
나는 결국 아무도 없는 사막 속에 서 있었습니다

누가 날 찾아줄까요?
누가 날 돌봐줄까요?
누가 나를 알아주고, 안아주고, 사랑해 줄까요?

하루하루 누군가를 찾아 헤매며
난 너무 힘들었어요

하루하루 혼자 걸으며
난 너무 힘들었어요

내가 나를 다스리고 다스리며
내가 날 찾아주고
내가 날 돌봐주고
내가 날 알아주고, 안아주고, 사랑해 주었어요

이제 난 괜찮아요
내가 찾는 것은 나 자신임을 알았으니까요

내가 무너지기 전에
내가 날 찾아서 일으켜 줄거라 믿고 믿어요

이제 난 괜찮아요
내가 찾는 것은 나 자신임을 알았으니까요

내가 무너지기 전에
내가 날 찾아서 일으켜 줄거라 믿고 믿어요

사랑과 희망

김경욱

사랑이란 사랑하는 이에게 희망을 주는 것
사랑하는 이의 절망의 정수리에 희망을 부어주는 것

사랑이란 사랑의 광주리에 빨간 사과가 그득한 것
사람들에게 희망의 빨간 사과를 나누어주는 것

희망 대신 절망을 미화하고
절망의 늪으로 끌고 가는 것은
사랑이 아닌 절망의 동반자살
사랑의 물귀신
나의 희망은 남에게 희망을 준다
희망은 남에게 주면 줄수록 희망이 되고
나의 절망은 남에게 절망을 준다
절망은 남에게 주면 줄수록 절망이 된다

우리가 희망을 가지고 산다는 것은
그것만으로도 사람을 사랑하는 것

우리가 절망을 한다는 것은
그것만으로도 사람을 파괴하는 것
사랑이란 사랑하는 이에게 희망을 주는 것
사랑하는 이의 절망의 정수리에 희망을 부어주는 것
잠자는 숲속의 미녀의 입술에 키스하는 것

시에서 사랑은 절망에 빠져있는 이에게 희망을 부어주는 것이라고 합니다. 사랑스러운 존재를 사랑하는 것을 넘어, 절망에 빠진 존재에게 희망을 전하는 것이 진정한 사랑입니다. 나의 사랑은 다른 사람에게 희망의 메시지를 전하고 있나요?

희망고문 2

김경욱

마치 희망이 저기 쉽게 있는 것처럼 말한다
마치 봄처럼
하늘처럼

그런 것은 우리를 더욱 우울하게 하고
누군가는 희망을 찾았는데 나는 찾지 못한 것이 아닌가
이렇게 희망은 우리를 더욱 왜소하게 만들 수 있다
옆에 쉽게 있는데 찾지 못하는 게 아니다

희망은 가끔 흔적을 보여준다
복권 당첨처럼
신데렐라처럼

희망은 그렇게 쉽게 만날 수 있는 하찮은 풀이 아니다
희망은 쉽게 보이는 선행이 아니다
선행이 없다면 —
아예 모두가 악밖에 없다면 —

희망은 몇 개의 선행 속에 존재하는 것이 아니다

희망은 우리가 찾아내는 것이다
고통 속에서 찾아내는 것이다
고통이 고뇌가 되고
절망의 끝에서 찾아내는 것이다
생각하고 또 생각하고
고뇌하고 고뇌해야 찾아낼 수 있다
어떻게 고뇌할 수 있는가

희망이 고문인 것이 아니라
세상에서 희망을 찾는 것이 고문인 셈이다
희망을 어떻게 찾을 것인가
희망이 아닌데 숱한 거짓 희망들이 고문이다
그러니까 진짜 고문은 가짜 희망에서 진짜를 찾아야 하는 것이다

희망은 있다
길은 있다
그러나 길이 엉망으로 얽혀서 절망의 길과 희망의 길이 얽혀 버렸다
희망의 길과 절망의 길이 마치 미로처럼 얽혀 버렸다
희망은 있다
단지 우리들에게는 희망에 이르는 지피에스가 없는 것이다

지피에스는 세상 모든 길을 안내해 주는데
복잡한 삶의 길은 안내해 주지 못한다

우리는 이미 길을 떠났다
내 가방에는 한가득히 책들이 있어도
세상과 연결되는
희망이 없으면 우리는 길을 갈 수가 없다
희망이 없으면 우리는 그저 이곳을 뱅뱅 도는 수밖에 없다
아니면 가는 길을 멈추는 수밖에 없다
우리에게는 지피에스가 필요하다

누군가가 희망을 쉽게 말할 때, 나만 그 길을 찾지 못한 것처럼 느낄 때, 불안한 나의 마음을 거짓으로 위안하고 있을 때, 절망, 우울, 불안, 초조의 감정들을 돌아볼 때 우리는 고문을 멈추고 내가 어느 길 위에 있는지 알게 될 것입니다. 시를 통해 진짜 희망을 가려내어 뚜벅뚜벅 걸어나가는 나의 모습을 그려보세요. 그게 여러분의 GPS가 될 것입니다.

평화로운 인간관계를 맺기 위해 무엇이 필요할까요? 퍼뜩 배려, 나눔, 공감, 존중 같은 것이 떠오릅니다. 요즘 흔히 말하는 '인성 좋네'라고 할 때 그 '인성' 말이에요. 그런데 이것 말고 정말로, 꼭 필요한 게 있습니다. 무엇일까요?

바로 '성찰'입니다. 성찰은 자기 자신과의 대화라고 볼 수 있습니다. 다른 말로 '나와 나의 대화'라고 할 수도 있겠네요. '인성'이란 말은 입에 올리기는 쉽지만 그 덕목을 실천하기는 어렵습니다. 태어날 때부터 성인군자인 사람은 없듯이 시행착오와 깨달음을 통해 좋은 인성이 형성되니까요. 그런데 '성찰'은 시행착오와 깨달음을 실천으로 옮기도록 하는 역할을 합니다. 내적으로 자신과 대화를 하며 외적으로 타인과 관계를 쌓아갈 때, 평화로운 인간관계도 만들어질 것입니다.

성찰이 담긴 시는 곧 '나'와 '나'가 대화하는 시입니다. 스스로 대화를 나누다 보면 미처 깨닫지 못했던 상황이 명료해지고, 묻혀있던 새로운 진실도 떠오릅니다. 학교에서 겪는 문제 상황 속에서 좀 더 깊은 생각의 기회를 갖고 싶다면 성찰의 시를 써 보세요. 말과 행동으로 가려져 있던 내면의 생각과 감정, 느낌이 진솔하게 흘러나오고 그것이 문제 해결의 열쇠를 가져올 것입니다.

학교에서 벌어지는 문제 상황에 대해 어떻게 접근해야 할지 막연하다면, 이 시들을 매개로 활용해 보세요. 시에 대한 답시를 써 보며 시를 통해 성숙해짐을 느끼게 될 것입니다. 어떤 방법이든 이 시들이 흙과 양분이 되어 새로운 시로 거듭나고 그것이 평화로운 관계를 만들면 좋겠습니다.

4부

나와의 대화, 성찰

내가 나에게

나에게 언제나

김경욱

나는야 좋은 벗처럼 나에게
속삭이지
언제나

내가 사람을 귀중히 여기면
내 마음은 물질을 이긴다
한겨울에 꽃향기를 맡는다

내가 굳건히 양심을 지키면
어둠 속에 빛을 볼 수 있다
눈물 속에 바다가 보인다

나는야 좋은 벗처럼 나에게
속삭이지
언제나

내가 진실 놓치지 않으면
언젠가 언젠가
진실은 나에게
희망의 편지를 보낸다

자기 자신과 벗이 될 수 없는 사람은 타인과 세상을 사랑하며 살기가 어려워요. 그러나 자기 자신을 벗으로 만들 수 있는 사람은 어떤 시련이 와도 좌절하지 않고, 어떤 상황에서도 희망적으로 살아갈 수 있는 힘이 있습니다. 자기 자신과 벗이 될 수 있는 방법은 무엇일까요?

신비의 순간

김경욱

아무리 내 마음이 악해졌어도
어느 한순간 내가 선한 마음 품은 적이 있으리라
아무리 내가 뻔뻔해졌어도
어느 한순간 내가 수치심을 느낀 적이 있으리라
아무리 내가 거짓에 능해졌어도
어느 한순간 내가 거짓을 싫어한 적이 있으리라
아무리 내가 센 척하게 되었어도
어느 한순간 내가 평화를 원한 적이 있으리라
아무리 내가 부패하게 되었어도
어느 한순간 내가 부패를 거부한 적이 있으리라
아무리 내가 미워하게 되었어도
어느 한순간 내가 사랑을 한 적이 있으리라

꿈속에서라도
아니면
기억해 보아야 한다
꺾어지기 전 그때

잊혀진
어린 시절 속으로
들어가야 한다
거기에 있을 것이다
아니면
선도 악도 몰랐던 더 어린 시절을
우리들의 인생에서
가장 소중했던 순간을

영 잊혀졌다면
영영 생각이 안 나면
상상해야 한다
상상을 상상해야 한다
그 순간이 올 때까지

드디어
그 순간에 경의를 표해야 한다
나에게 머물렀던 순간의 신비에

언젠가 잘못을 모면하기 위해 순간적으로 거짓말을 하고, 그로 인해 피해입은 사람을 보며 괴로웠던 적이 있습니다. 그때의 경험은 두고두고 스스로를 부끄럽게 합니다. 괴로웠던 그 순간이 바로 '신비의 순간'이겠지요. 선이 아닌 악의 편에 섰을 때, 평화가 아닌 폭력의 길에 들었을 때, 진실이 아닌 거짓의 삶을 살 때 한번 돌아보아야 합니다. 나는 과연 한 번도 선한 적이 없었던가? 센 척의 고리를 끊고 평화를 바랐던 적은 없었던가? 나에게 존재했던 신비의 순간은 언제였나?

내가 나를

김경욱

자기 위한 눈물 많이 안 흘려요
자기 연민의 바다에 빠지지 않게
나를 저 멀리 저기서 바라봐요
연민은 타인을 위해 차곡차곡 쌓아요

홀로 내버려두지 않아요
외로움에 차가운 비에 젖지 않게
나를 한없이 옆에서 지켜봐요
외로움은 병이 되고 고독은 약이 돼요

어설픈 자존감 가면 안 써요
자기 성찰의 바람이 얼굴을 때려요
나를 호수처럼 맑게 비춰줘요
자기에게 이기고 남은 힘은 남에게 줘요

짓밟혀도 거리를 헤매지 않아요
위로 격려가 꽃향기 되어 풍겨와요
나를 가슴으로 미소로 받아줘요
비관으론 타인을 위로 격려할 수 없어요

학교에서 친구들과 지내다 문득 자신이 외톨이인 것 같고 무시당한 것 같을 때, 스스로 불쌍하다고 생각하며 한없이 작아질 때, 희망을 잃고 슬픔을 이기지 못할 때, 그럴 때 자신을 돌보고 위로해주는 시입니다. 내면의 '나'를 돌아보며 부정적인 생각을 떨쳐내고, 스스로에게 힘이 되는 사람이 되어 보는 것은 어떨까요?

「내가 나를」 학생 답시

너를 보면

눈물을 아끼고 연민을 아끼는 너
굳센 마음을 가졌구나

자기를 한없이 옆에서 지켜보는 너
극복의 열쇠를 가졌구나

자기 성찰의 바람을 맞고 있는 너
대나무처럼 곧은 마음을 가졌구나

꽃향기가 풍겨오듯
너를 보면 나의 얼굴 한가득 미소가 풍긴다

내가 좋아하는 것들

김경욱

봄이 오는 동네를 걸어갑니다
작은 풀꽃을 자세히 바라봅니다
세상은 나를 한없이 바라봅니다
풀꽃처럼 우리의 모습을 좋아합니다

바람부는 세상을 달려갑니다
우리의 꿈들은 여름숲처럼 자랍니다
문득 고개들어 푸른 하늘을 봅니다
하늘같은 내 마음을 좋아합니다

힘들어도 순수함을 잊지 않습니다
붉은 가을놀처럼 세상을 물들입니다
넘어져도 슬퍼도 다시 일어섭니다
나를 일으키는 굳센 다리를 좋아합니다

추워도 죽지 않는 세상
손잡고 가는 친구있어 따뜻한 겨울입니다

힘들고 외로운 이에게 손을 내밉니다
내 손을 맞잡는 우리의 손들을 좋아합니다

나를 성찰한다는 것은 내 안에 들어있는 자연을, 자연 속에 녹아 있는 나를 발견하는 과정입니다. 작디 작은 내 안에도 아름답고 드넓은 '자연'이 펼쳐져 있다는 사실을, 때로는 외롭고 추운 대자연 속에서도 꿋꿋하게 살아가는 '내'가 있다는 사실을 발견하는 과정입니다. 그리고 더 나아가 내 옆에 나처럼 살아가는 수많은 사람들이 있다는 사실을 발견하는 과정입니다.

우물

이미영

우물 속을 들여다보면
내가 보인다

우물 속을 들여다보면
내가 나를 보고 있다

좁고 어두운 우물 속이
미동없이 고요하기만 하다

우물 속을 들여다보다가
나를 퍼올린다

우물 속을 들여다보다가
내가 나를 마셔버린다

마셔버린 내가
또 다시 우물 속에서 나를 보고 있다

끊임없이 샘솟는 우물이
끊임없이 새로운 나를 퍼 올린다

진짜 나를 발견하기 위해서는 좁고 어두워서 좀처럼 드러나지 않는 자신의 깊은 곳을 들여다봐야 합니다. 그 안에서 샘솟는 수많은 나와 마주해야 합니다. 때로는 마음에 들지 않아 마셔버리고 싶고, 때로는 퍼올려서 겉으로 드러내고도 싶은 자신의 모습을 가만히 마주해야 합니다. 그러다 보면 지금까지는 발견하지 못했던 새로운 가능성들이 내 안에서 마구마구 샘솟는 것을 느낄 수 있을 것입니다.

「우물」 학생 답시

항해

드넓은 내 마음 속 바다
나는 오늘도 항해 중이라네

가끔은 파도가 거칠게 쳐서
상처를 주지만

또 가끔은 잔잔해서
부드러움이 지친 마음을 편하게 해준다네

거침없이 항해를 하다보면
언제가는 끝을 보지 않을까

이 마음을 가지고 간다네
나는 오늘도 항해 중이라네

다시 태어난다면

김경욱

다시
그 시절로 돌아가
더 잘 살고 싶기도 하다
아니다
그 고통의 시절을 또 겪고 싶지 않다
더 행복할 자신도 없다
불행을 안고 살아도 어쩔 수 없다
슬퍼도 하는 수 없다
그냥 이생 한 번이면 충분하다
인생은 어차피 한 번밖에 없다
한 번 더 살 만큼 가치로운 인간도 아니다
가치 있게 산다는 것도 너무 어렵다
보람은 있지만
너무 힘들다
사람은
우주의 별 하나다
별도 한 번 산다

한 번이라도
단 한 번이니
오직 강하게 살아야 한다
불행해도 어쩔 수 없다
단 한 번 살아야 한다
단 한 번 죽어야 한다

누구나 가끔 '다시 태어난다면', 혹은 '그때 다른 선택을 했더라면 어땠을까'라는 상상을 하게 됩니다. 지금과는 전혀 다른 모습을 떠올리며 달콤한 상상에 빠져들기도 합니다. 하지만 슬퍼도 힘들어도 지금의 삶이 바로 내가 살아야 할 단 한 번의 삶입니다. 지금의 내 삶과 마주할 힘이 없다면, 자신의 삶을 바꿀 기회도 없습니다. 단 한 번 살고, 단 한 번 죽을 수 있는 용기는 바로 내 안에 있습니다.

성찰

박동진

성찰은 나의 숙명
단단한 유리구슬에
갇힌 아픔의 기억을
꺼내려면
부딪쳐 깨어나야 한다

아이의 상처
부모의 상처
교사의 상처
각기 곪아버린 마음이
단단한 편견으로
유리벽을 치기 전에
부딪쳐 깨어나야 한다

성찰은 나의 양심
기억과 상처 안에서
뾰족하게 흉기처럼 돋아난

서로를 찌르는 돌기를 갈고 닦는 일
모난 돌멩이는 부드러워져야 한다

지난 날의 상처를 벗고
나를 안아주는 일
새로운 나를 일으켜 세워주는 일
나와 내가 하나 되는 마음으로
너와 내가 잇는 진솔한 대화로
평화로운 세상을 이루는 일

지난 상처와 고통의 기억들이 우리를 지배할 때가 있습니다. 그러다보면 우리는 도망치고 싶고 모르는 척 지나치고 싶기도 하지요. 그러나 주체적인 삶을 살아가기 위해서는 자신을 되돌아보고 성찰해야 합니다. 성찰은 지난 날의 상처를 딛고 일어나게 해주기도 하고 균형잡힌 삶을 살게 해주기도 합니다. 그래서 치열하게 성찰하는 사람은 과거에 얽매이지 않고 자유로우며, 자신의 잘못을 고쳐나가기 때문에 양심적인 사람이 됩니다.

봄날 서리 때문에

임정근

내 잎사귀가
튼튼하지 못한 것은
따스해야 할 그 봄날에
차갑게 나를 때린 서리 때문이었나?

내 꽃잎이
향기를 품지 못하는 것도
무성하게 푸르러 가는 그 봄날에
많은 새싹들 보는 앞에서
나를 얼어붙게 만든 그때 그 서리 때문이었나?

튼튼히 뻗어가지 못하는 가지 또한
땅속 깊숙이 내리지 못한 뿌리 역시
그리고 또 튼실하게 여물지 못하는 열매마저도
그날의 서리, 그 서리 때문이었나?

나는 충분히 추워하지 못하고

춥지 않은 척하는데 온힘을 쓰다가
몸을 움츠려 추위를 물리칠 생각도 못하지 않았나?
뿌리로 땅을 더 힘껏 붙잡으려 하지도 못하고 말았나?

여름날에는 폭우가 내리고
가을날에도 요란한 우레가 칠 테고
겨울날에도 어김없이 한파가 몰려올 터인데
폭우를 우레를 혹한을 슬퍼하지 못하고
눈물 실컷 흘리고 난 뒤 온몸을 흔들어 털어내지 못하고
서리보다 징글징글한 그날의 기억을 스스로 몸에 구렁이처럼 감고 있지는 않나?

어린 시절 상처는 쉽게 씻어내기 힘듭니다. 자기에게 닥친 슬픔을 충분히 슬퍼하고 떠나보내지 못하면 삶이 일그러집니다. 여러분들은 어떤 상처가 있나요? 어떻게 슬픔을 씻어내야 하는지 시의 행간을 음미하며 찾아보세요.

흠

서민희

흠은 흠이 되지 않는다
아름드리에게 흠은 흔적일 뿐

모든 씨앗은 자신의 흠에서
싹을 키워나가
갈라지며 가지를 내밀고
밑둥을 터트리며 뿌리를 내린다
끊임없이 생기는 흠은
온갖 사연을 담아
제 몸에 흔적으로 남는다

타인이 후벼파는 흠으로 인해
흠을 흉으로 남기는
너의 모습에서
흠을 이겨낼 힘을 키워나가고
흔들리지 않는
굳센 뿌리 곧은 줄기 무성한 잎의

아름드리를 겹치며 상상한다

이내, 떠오르는 흠 많은 나의 나무
언젠가 너와 내가 서 있는
이 비탈이
숲으로 변하는 걸 상상한다

사람은 많은 실패와 실수를 하며 살아갑니다. 그 실패와 실수를 스스로의 약점으로 생각하고 '나는 참 못났구나', '난 실패자야', '역시 난 안돼' 하며 스스로를 깎아내리는 사람들이 있지요. 완벽을 요구하며 경쟁을 부추기는 사회 속에서 스스로를 돌보지 못해 힘들 때 이 시를 읽어 보세요.

함께 돌아보다

이효선

이렇게 힘든데 왜 해야 하지?
실패할지도 모르는 데 왜 시작해야 하지?
생각할수록 그만두고 싶은
물음 속에서

학생이라는 삶의 테두리
그 한가운데 학업이 있다면
나의 숙명, 내 삶의 중심
겸허히 끌어안고
오늘도 나는 공부를 한다

때로는 나를 증명하리라는 비장함으로
때로는 외로움을 이겨내리라는 단단함으로

오늘 내가 꾹 참고 삼킨 이 시간이
그리 달콤하지 않을지도 몰라

그래도
어둠 속에서 입을 틀어막고 토해내는 대신

어두컴컴한 길을 밝히는 등불을
내 손으로 만들어 볼까
칠흑 속에서 더듬더듬
손끝으로 그림을 그려 볼까
언젠가 환한 빛 아래
멋진 작품이 되어 있을 거야

많은 사람들이 보지 않아도 좋아
내 꿈이 나에게 수고했다고 말해 줄 거야
그 모든 순간을 지켜봐 준 나를 안아 줄 거야

학창 시절은 늘 학업에 부담감을 안고 있는 시간이지요. 차곡차곡 학년을 쌓아갈수록 공부는 더 큰 짐이 되고, 다가오는 시험 앞에서 막막함과 외로움을 느끼기도 합니다. 그러나 끝내 외면할 수 없다면, 편해질 리 없는 마음을 애써 다독이는 대신 똑바로 마주해 보는 건 어떨까요? 이 시를 감상하며, 두려운 마음을 꺼내 들고 의지를 다지는 스스로를 응원해 보았으면 합니다.

「함께 돌아보다」 학생 답시

새로운 처음으로

인생이라는 그림에서
다시 인생이라는 그림으로

위로위로 다시금 높이높이
올라갈 때면
나의 흔적을 캔버스 위에 휘갈겨

끝이 보이지 않고 어두컴컴해 보일 수도 있어
혹여 캔버스에 미처 담지 못한 것이 있더라도 걱정하지 마
무엇을 채울지 고민하다가 시간이 가버리더라도 걱정하지 마

지나간 궤적은 고스란히 그림에 남겨지고
그림을 그릴 캔버스는 아직 많이 남아 있고
그 고민한 시간조차도 인생을 가꾸기 위해 투자한 귀한 시간으로 남을 테니까

상처를 받으면서까지도
때로는 혼자서 앓기만 했더라도
시간이 지나 그 꼭대기에 다다랐을 때에는

그동안 힘들었던 순간들에 보답이라도 하듯
밤하늘에 수놓은 별들처럼 저마다 찬란히 빛나고 있을 거야

힘들었다고
힘들다고
앞으로도 힘들 거라면서 얼굴을 붉히며 혼자 울지 않아도 괜찮아
그 마음 누가 모를까

아마 곧 시작될 처음의 끝에서는
또 다른 내가 환하게 웃으며 수고했다고 말해줄 거야

새 학기가 시작되었어요. 올해는 어떤 선생님, 친구들을 만나게 될까요? 하루의 대부분을 함께 지내는 우리는 어느새 가족보다도 그 누구보다도 많이 만나고 부딪치며 이야기를 함께 나누는 사람들이 됩니다. 그렇기에 학교에서 우리가 누구를 만나고, 어떻게 지내고, 무엇을 이야기 하는지가 중요하지요.

따뜻한 봄바람과 꽃샘추위가 오고 가는 봄처럼, 새로움의 설렘과 긴장이 공존하는 3월에 만난 우리는 '우리 반'이라는 울타리 안에서 익숙한 듯 낯선 삶을 시작합니다. 우리가 만들어갈 새로운 이야기는 학급의 목표를 정하고 우리 각자가 주인공이 되어 제 역할을 다해 나갈 때 완성되지요. 그러다 긴장감이 익숙함으로 바뀔 때쯤이면 하나둘 일이 생기곤 합니다. 하지만 돌아보면 그것을 해결해 나가는 과정 또한 의미 있고 그 일을 계기로 서로가 한층 가까워지고 성장하기도 해요. 계절이 지나 어느덧 코끝이 시리고 찬 바람이 부는 때가 되면 헤어짐이 다가왔다는 것을 알고 마무리를 준비합니다. 헤어짐의 슬픔과 아쉬움을 또 다른 만남에 대한 기대로 여길 준비를 하며 작별을 합니다.

이 장의 시에는 학급을 운영하는 일련의 과정이 담겨 있습니다. 학급의 목표를 세울 때, 교실에서 문제가 발생했을 때, 공동체를 위한 마음을 전하고자 할 때, 학급의 한 해를 마무리 할 때… 이 시들을 매개로 진솔한 마음을 드러내고 표현해 봅시다.

5부

평화로 가는 교실 이야기

누구나 용기 낼 수 있는 곳

이야기집

김경욱

내 사는 집을 짓듯 우리는 이야기를 짓는다
만남의 인연도 온갖 사연도 만들어요
헌집 허물고 추억과 보람으로 새 집을 짓자

이야기는 우리를 우리는 이야기를 만든다
인생의 굴곡도 시작도 끝도 만들어요
헌집 허물고 추억과 보람으로 새 집을 짓자

이야기를 못 만들면 절망이 우리를 만든다
회색빛 인생도 어두운 세상도 만들어요
헌집 허물고 추억과 보람으로 새집을 짓자

'인생은 한 편의 드라마다'라고 하듯, 삶의 순간 순간이 이어져 한 편의 이야기가 만들어집니다. 교실 속 삶도 1년 단위의 이야기입니다. 그리고 우리들은 그 이야기집에서 살아가는 주인공이지요. 이야기에는 기승전결이 있고, 누구나 해피엔딩을 희망하는 것처럼 교실 이야기도 아름다운 결말을 만들어나가야 합니다. 여러분의 새 집에는 어떤 이야기를 채우고 싶나요?

3월의 교실

임정근

새로운 것을 만난다는 것은
옛 것을 버리는 일
그래서 3월의 교실이 슬픈 것인가

새로운 것을 만난다는 것은 설레기만 한 것일까
만난 적 없는 친구
처음 먹어보는 마음들
봄바람의 매서움 같이
3월의 교실은 그런 것인가

새 친구를 만난다는 것은
내 안에 자리를 내어주는 일
내어줄까 말까
어디를 내어줄까
3월의 교실은 갈등하는 것일까
나와도 갈등하고 새로운 것과도 갈등하는
3월의 교실은 그런 것인가

새로운 마음을 먹는다는 것은
옛 마음을 비우는 일
비우지 못해서 괴롭기도 한
3월의 교실은
나를 만나고 버리고
새로운 나 때문에 가슴 부푼 곳인가

그래서 3월의 교실은 시작되는 것일까
아웅다웅 무성한 여름을 위해서
차곡차곡 쌓아갈 우정을 위해서
새 꿈을 향해 내디딜 발걸음을 위해서
3월의 교실은 시작되는 것일까
해마다 3월은 오는 것일까

삼월은 새로 시작하는 달입니다. 새로운 친구들을 만나고 새로운 삶을 계획하기 때문에 설레기도 하지만 한편으로 두렵기도 하지요. 그런데 새로운 것을 계획하고 새롭게 인간관계를 맺으려면 새로운 마음가짐과 삶의 자세가 필요합니다. 진실한 친구를 만나길 원한다면 자신이 먼저 진실해져야 하듯이요. 그런 의미에서 삼월은 새로운 나와 만나는 달일 것입니다.

「3월의 교실」 학생 답시

3월의 교실이 시작됩니다

거센 바람을 뚫고 수줍게 마중 온
물 오른 나무들과 함께
햇살과 함께
3월의 교실이 시작됩니다

3년,
진- 하게 포옹한, 눈 맞춘
12월의 교실 떨쳐내버리고
3월의 교실 문을 엽니다

송골송골, 땀이 맺히도록 닦아 넣은 실내화
쓱-쓱, 손이 갈라지도록 지운 때 묻던 실내화 가방 동여매고
3월의 교실에 발을 디뎠습니다

어색하고 무색한 공기에 울리는
새로운 친구들의 쾅쾅거리는
발소리에

어둠이 먹은 복도에 퍼지던
새로운 친구들의 틱 틱 쌓이는
말소리에

12월의 교실, 3학년 7반 3번 이레는
물어봅니다
아우성칩니다
일그러집니다
입을 막고 소리내어 울어 봅니다
그렇게 3월의 교실이 시작됩니다

창가로 수줍어하는 햇살이
물오른 나무들에게로, 그리고 나에게로
천천히, 다시 천천히 다가옵니다

두꺼운 겉옷을 벗어던지고
쓰고 있던 화려한 가면을 벗어던져
천천히, 더 천천히
나는 3월의 교실을 가로지릅니다

그렇게 3월의 교실은 시작됩니다
더 아름답게 피어날 꽃 한 송이를 위해
세상을 녹일 따스한 우정을 위해
해마다 3월은 찾아옵니다

교실의 약속

김경욱

1.
교실은 우리 생활의 터전
규범은 약속이다
너와 나의 권리 지켜주고
갈등을 해결해준다

화나고 짜증날 때
약속은 양심을 깨울 수 있어
이기심이 우릴 잠들게 할 때
북소리 되어 울린다

규범은 마음에 새기고
약속은 다짐한다
서로서로 가르쳐 주고
내가 먼저 실천한다

2.

교실은 내 마음의 정원
규범은 울타리다
지나친 욕심은 거두고
정도를 걷게 한다

화나고 짜증날 때
약속은 양심을 깨울 수 있어
이기심이 우릴 잠들게 할 때
북소리 되어 울린다

양 갈래 길에서 헷갈릴 때
약속은 나침판이다
망망대해 어두워지면
약속은 길잡이 된다

학기 초 학급의 목표를 세우고 난 후 구체적인 학급 규칙 세우기를 할 때 함께 나누면 참 좋은 시입니다. 시를 함께 읽으며 나만의 욕심을 채우고자 하는 이기심을 경계하고, 서로의 권리를 지키고, 교실의 갈등을 해결할 수 있는 구체적인 실천 방법에 대해 이야기를 나눠 봅시다. 그리고 우리의 약속은 서로 미루지 않고 내가 먼저 실천하겠다는 다짐의 시간을 가져보는 것은 어떨까요?

시 낭송을 하기 전에

장효진

누군가 비난할 거야
부족하다 비웃을 거야
등급을 매기고
서열을 매기고
누가 더 잘하나 못하나
비교하고 평가할거야

그렇지 않아
시는 진심을 전하는 도구일 뿐
잘 쓴 시, 못 쓴 시
그런 것은 없어

진심을 비난하는 사람
진심을 비웃는 사람
진심을 이용하는 사람

우리들의 교실에 그런 사람이 있을까?
우리들의 공간이 그런 곳이 되어도 좋을까?

누구나 용기 낼 수 있는 곳
누구나 자신의 목소리를 낼 수 있는 곳
안전하다고 믿을 수 있는 곳

우리가 함께 만들자
시로 우정을 만들 수 있다고
시로 평화를 만들 수 있다고
용감하게 믿어보자
두려움과 맞서 희망을 갖는 사람이
가장 용기 있는 사람이란다

자신의 이야기를 담아 쓴 시를 발표하거나 소신껏 의견을 펼치며 집단 속에서 자신을 드러내야 할 때, 두려움과 긴장감을 해소하고 격려하기 위해 쓴 시입니다. 솔직하게 자신을 내보이는 것은 상대에게 마음을 열고 신뢰를 얻으며 우정을 쌓는 좋은 방법입니다. 그런데 요즘은 진심을 보여주면 그것이 약점이 되어 돌아오고, 타인에게 이용할 빌미를 준다고 생각하는 경향이 많습니다. 선악보다 강약의 논리가, 옳고 그름보다 이해의 논리가 지배하고 있기 때문입니다. 하지만 그런 논리 속에서는 누구도 행복할 수 없습니다. 행복은 화목한 관계 속에 뒤따라오는 것이기에, 우리는 평화롭게 협력하고 교류하는 법을 가르치고 배워야 합니다. 그리고 이와 함께 평등하고 평화로운 학급 분위기를 만들어 가야 합니다.

잔소리가 잔소리를

이미영

또 그 소리
지키기 어려운 소리
이미 다 알고 있는 소리
무슨 말인지 모르겠는 소리
듣기 싫다. 잔소리를

분노에 찬 소리
넋두리같은 소리
아무도 듣지 않는 소리
불안과 걱정이 뒤섞인 소리
하기 싫다. 잔소리를

온갖 소리들을 피해
입과 귀를 닫았다
이제 멈추자. 잔소리를

모든 말이 잔소리처럼
나오던 날

멈춰서서 돌멩이 하나를 뻥 차니
데굴데굴 퍽 데굴데굴 툭 퍽 굴러떨어진다
아직 내 안에 투닥거림이 남아 있단다. 잔소리가

길가에는 개망초가 잔잔하게 피어
하얀 입술 벌리고 노랗게 이야기한다
화해하란다. 잔소리가

산 꼭대기에 이르러 바다를 내려다보니
끊임없이 밀려오는 파도가 내 마음을 때린다
이제 그만 가라앉히란다. 잔소리가

하늘과 맞닿은 산등성이에는
소나무가 솜털처럼 보송보송 서 있다
사랑하며 살란다
잔소리가 잔소리를

모든 말이 잔소리처럼
들리던 날

내가 듣던 잔소리가
내가 하던 잔소리를
꼬옥 안아준 날

잔소리 들을 용기와

잔소리 할 수 있는 열정을

회복한 날

어린 시절에는 부모님이나 선생님의 잔소리가 없는 삶을 꿈 꾸곤 합니다. 그런데 자라면서 그 애정어린 잔소리가 자신을 키웠다는 것을 깨닫는 순간이 오죠. 그 누구도 잔소리하지 않는 성인이 되면, 가끔은 누군가가 '이렇게 해라, 저렇게 해라' 알려주며 잔소리를 해줬으면 싶기도 합니다. 잔소리를 들어야 하는 입장도, 잔소리를 해야 하는 입장도 모두 응원합니다. 여러분을 키우는 애정 어린 잔소리는 무엇이 있나요?

검은 그림자

장효진, 우창숙

학기 초부터
물건이 사라지고
돈이 사라졌다

과연 아무도 본 사람이 없을까
우리 반에 도둑이 있는 것은 아닐까
한동안 잠잠하다 왜 또 훔치는 걸까

살아 꿈틀거리는 의심은
우리 모두에게 검은 그림자 하나씩 붙여주는구나
몰래 누군가를 의심하고, 몰래 모두를 분열하게 만들고

악마는 승리의 웃음을 짓고 있을까
우리 모두는 이대로 패배자인가
폭력의 검은 페이지 앞에서 주춤거리는 우리

「검은 그림자」 학생 답시

비누

물건들이 하나둘씩 사라져간다
아이들은 점점 불안해진다

비누가 내는 거품처럼
점점 커지는 범인의 욕심
점점 커지는 불안한 마음

미끄러워 잘 잡히지 않는 비누라도
언젠가는 손에 잡힐 것이다

학급에서 도난 사고가 생기면 아이들은 예민해지고, 서로를 의심하게 됩니다. 그러다보면 한 학기 동안 공들여 쌓아가던 우정이 한순간 무너지는 듯한 느낌이 들게 되지요. 시를 읽으며 무너진 우정에 대한 안타까움을 바탕으로 다시 우정을 회복하기 위한 글을 적어보세요.

평화 게릴라의 어느 오후

황경희

나 몰래 내일 단합대회 한다는,
우리 반 아이가 내뱉은 실언
청소시간
비질 소리만 들린다
주고받는 아이들의
눈동자 소리만 분주하다

'평화롭고 화목한 우리 반'
소외와 따돌림 없는,
평등하게 존중받는,
평화규칙 게시판 옆으로
쓴 침 삼키는 내가 서 있다

3월 초부터 숨가쁘게 달려온
교실 평화 만들기
소통 없는 메아리로 돌아와
눈을 뜨겁게 한다
마음을 시리게 한다

홀로 일방통행로를 질주했구나
구불구불 시골길을
시속 200km로 달렸구나
나를
나만
빼놓았구나

선생 없는 깨소금 맛에 길들여진
아이들의 가슴 위로
무언의 한 마디가 살포시 내려앉는다
옹이진 곳에
미세한 파동이 일어난다

단합이란 단어 하나도
외톨이에게는 거대한 벽이다
왕따의 서글픔이 내 것이 된 순간
봄 햇살조차 서럽게 다가왔다

가슴을 훔치고 다시 선다
아픔이 없다면 평화는 오지 않지
게릴라의 삶은 고독하겠지 어쩌면
얼마나 더 단단해져야 할까
평화를 위해서

「평화 게릴라의 어느 오후」 학생 답시

우리 반

이런들 어떠하리 저런들 어떠하리
해오던 방식 그대로 그냥 그렇게
평화란 이름 아래 단합이란 것이
서로의 생각이 다르다는 것이

이런들 어떠하리 저런들 어떠하리
처음 만난 선생님과 우리가
보고 들었던 것이 천지 차인 서로에게
아직 미지의 세계인 서로에게

이런들 어떠하리 저런들 어떠하리
말 한마디 꺼내지 못한 것이
선생님의 마음에 칼날보다 날카로울 줄
서로에게 무거운 짐만 남길 줄

이런들 어떠하리 저런들 어떠하리
솜이 물을 먹듯 커질 짐을 어서 던지고

서로 한 때의 꿈으로 남기며
나무가 나이테를 남기듯 천천히 맞춰가길

스스로를 평화 게릴라로 칭할 만큼 평화를 중요시하는 「평화 게릴라의 어느 오후」의 화자는 단합에서 유일하게 제외됩니다. 이 아이러니한 현실 속에서 평화와 화목의 의미를 놓치지 않기 위해 애쓰는 모습이 눈에 선하게 그려지네요. 이 시를 읽은 학급의 학생은 「우리 반」이라는 답시를 통해 시간을 들여 서로에게 맞춰나가는 노력이 필요하다고 말합니다. 화자는 학생의 시를 통해 위로를 받고, 더 용기를 내어 학생들에게 다가갔겠지요? 교사가 아닌 누구라도 교실에서의 소외는 빈번하게 발생합니다. 소외를 넘어선 진정한 화합을 위해 우리는 어떻게 행동해야 할까요?

1월의 학교

이미영

남들은 새로운 시작을 준비하느라 바쁜데
우리는 헤어짐을 준비하느라 바쁘구나

하지만 알고 있니
우리의 헤어짐은 그 어떤 만남보다 설렌다는 걸

헤어짐은 우리의 첫 만남을 떠올리게 하지
봄이 훌쩍 지나 더위가 느껴지던 4월의 입학식
그 날을 얼마나 손꼽아 기다렸는지 기억하니

헤어짐은 우리가 함께한 시간들을 돌아보게 해
학교 가서 함께 떠들고 밥 먹던 일상의 소중함,
손소독제 묻혀가며 함께 먹었던 수박과 피자 치킨
온라인 수업 중 카메라 켜라는 잔소리와 채팅으로 낄낄대던 시간들
오랜만의 체험학습에서 가을을 만끽하며 서로에게 물들던 그 수많은 추억들을 기억하니

헤어짐은 우리 관계를 아름답게 포장하지
언젠가 친구와의 다툼이 생각나면 피식 웃게 될 거야
언젠가 선생님의 잔소리를 떠올리며 미소짓게 될 거야
언젠가 우리 다시 만나면 반가움에 손을 맞잡게 되겠지

이토록 멋진
우리 만남의 끝에
1월이 존재한다니
게다가 눈까지 펑펑 내려준다니
우리의 헤어짐이 그 어떤 만남보다 설렌다는 말을 이해하겠지

눈이 내린다
모든 것을 지우겠다는 듯 하염없이
모든 것을 이해한다는 듯 포근하게
모든 것을 기억하겠다는 듯 아련하게

그 깨끗한 눈 위로 발자국 하나가 총총히 멀어진다

드디어 우리가 헤어질 시간이 되었구나
새롭게 시작될 너희들의 이야기에 벌써 가슴이 두근거린다

한 학년이 끝나는 날, 1월의 눈 내리는 풍경 속으로 선생님이 학생들을 보내고 있습니다. 새로운 다짐으로 한 해의 시작을 준비하는 1월에 1년을 마무리한다는 점이 새삼 서글프게 느껴집니다. 하지만 1월이기 때문에 새롭게 시작될 아이들의 한해를 상상하는 것이 더욱 자연스럽기도 하지요. 함께 했던 한해를 마무리하고 새로운 한해로 나아가는 모습을, 그 마음을 상상하며 읽어 봅시다.

허수아비 춤

장효진

허수아비의 슬픈 춤을 이제는 그만두자
논밭을 지키라는 의무 아닌 의무를 내려놓고
참새떼가 뭐라 짹짹이든 그냥 뒤에 남겨두고
사람이 된 두 다리로 논두렁에 올라서자

여행을 떠날 시간
소원을 들어주는 마법사를 찾아가자
아니 진짜 나를 찾으러 가자

뇌를 갖고 싶다던 허수아비는
여행을 통해 깨닫게 된단다
이미 자신은 지혜롭다는 걸,
오즈는 마법사가 아닌 사기꾼이라는 걸

반짝이는 눈을 가진 허수아비야
네가 지키려는 논밭은 아주 작은 땅
너를 담고 있기엔 너무 작은 세상

사람이 된 두 다리로 길 위에 올라서자
농부랑 참새떼에겐 안녕, 인사하자
이제 여행을 떠날 시간,
진짜 나를 만날 시간

허수아비가 있었습니다. 자기가 지켜야하는 논밭을 세상의 전부라고 여기며, 농부에게 인정받고 참새들에게 영향력을 뽐내기 위해 애쓰며 살아왔습니다. 하지만 아무리 애를 써도 쓸쓸하기만 합니다. 참새들은 자기를 무시하는 것 같고, 농부는 누더기 하나 걸쳐 주고선 다그치기만 합니다. 학생회의 리더라는 역할기대에 지친 아이가 자신을 허수아비에 비유한 시를 썼었습니다. '허수아비춤'은 그 시에 대한 교사의 답시입니다. 타인의 시선과 평가에서 벗어나, 좀더 넓은 시야를 가지고 자신의 이야기를 재해석해 보기를 바라는 마음을 담았습니다.

학교 수업을 마치며

김경욱

헤어질 시간
소중한 순간
생각해 보자

친구랑 선생님에게
무얼 배우고 익혔는가
누군가에게 잘못하진 않았을까

헤어질 시간
소중한 순간
생각해 보자

친구랑 선생님이랑
함께 무얼 공부했나
우리는 어떤 이야기 만들었나

헤어질 시간

소중한 순간
생각해 보자

친구랑 선생님이랑
얼마나 평화로웠나
오늘 난 얼마나 인내했는가

하루 일과가 끝날 때, 어떻게 마무리하나요? 얼마나 평화로웠는지, 어떤 이야기를 만들었는지, 소중한 것을 놓치지 않았는지 돌아본다면 더 의미있고 가치있는 하루가 만들어질 거에요. 여러분 모두 기억해야 할 '나'와 '우리'의 시간들을 차분히 되새겨보면 좋겠습니다.

끝에는

김경욱

달의 끝에는 달무리가 있고
빌딩의 숲 끝에는 하늘이 있다
파도의 끝에는 해변이 있고
무너진 산성의 끝에는 적막이 있다

음악의 끝에는 여운이 있고
여운의 끝에는 내 마음이 있다
삶의 끝에는 무덤이 있고
죽음의 끝에는 삶에 대한 응시가 있다

꽃의 끝에는 봄향기가 있고
나무 가지 끝에는 푸른 잎이 있다
별빛의 끝에는 내 눈동자가 있고
어둠의 끝에는 우리들의 염원이 있다

학교 생활은 처음과 끝이 명확합니다. 1년 생활의 시작과 끝이 정해져 있고, 교사와 학생 간의 만남과 헤어짐의 순간이 명확하죠. 하지만 끝이라고 생각되는 그 순간, 새로운 시작이 다가옵니다. 삶의 어느 순간, 이제 끝이라고 느껴질 때가 있습니다. 끝이라고 느껴지는 경계선에 서서 새로운 시작을 발견할 수 있다면 우리는 다시 힘을 낼 수 있지 않을까요?